세상 모든 이들에게 보내는

모모의 편지

"친구를 갖는다는 것은 또 하나의 인생을 갖는 것이다."
시간이 지날수록 향기를 내는 꽃과 나무를 닮은 이들에게…

세상 모든 이들에게 보내는

모모의 편지

오광진 지음

미래북
miraebook

친구는 모든 것을 나눈다

Friends have all things in common

-Plato

[그리고;… 더하기]

친구를 갖는다는 것은 또 하나의 인생을 갖는 것이다.

Baltasar Gracián

친구들이 있어 날마다 새롭고 행복합니다.
나 또한 누군가에게 그런 친구이고 싶습니다.

겨울로 성큼 다가온 게 엊그제 같은데 요 며칠 간간히 찾아든 따사로운 햇볕에 밀려 봄으로 한 뼘 다가앉은 듯합니다. 유난히 추위를 타는 저에겐 겨울이 간다는 것이 그저 반가울 뿐입니다.

언젠가부터 어른이란 소리를 듣고 있는 우리들.
우리가 성인이 된 지도 벌써 스무 해가 훌쩍 넘었습니다. 어떤 분들은 수 년이 넘었을 것이며 또 어떤 분들은 수십 년이 넘었겠지요. 그리고 세상을 살고 있는 수많은 후배들 역시 언젠가는 어른이라는 말을 듣겠지요. 구구단을 못 외워서 늘 담임선생님에게 혼나던 친구는 어엿한 중소기업의 대표가 되었고, 잠자리 두 마리를 잡아 꼬리를 잘라 시집장가 보내던 개구쟁이 친구는 중생을 구제하는 성직자가 되었으며, 유난히도 책을 좋아해 등하굣길에 전봇대에 이마를 자주 내주었던 독서광 친구는 나라 살림을 챙기는 공직자가 되었네요. 또한 각계 각 분야에 포진해 있으면서 성실하게 책무를 다하는 많은 친구들. 이렇게 우리는 어느새 성인으로 영글었습니다.

그중에는 성인으로 영글지 못하고 꽃만 피우다 저세상으로 먼저 간 동무들도 여럿 있을 것입니다. 어쩌면 이 친구들도 다른 세상에서 우리들처럼 우리들을 이야기하고 있을지도 모릅니다.
이렇게 죽은 친구들이 떠오를 때마다 저는 강에 나가서 산국화를 꺾어 강물에 띄워 보냅니다. 국화의 꽃말처럼 그들의 삶은 고결했으니까요. 그러면서 다짐을 합니다.
'넉넉하게는 살지 못해도 부끄러운 짓은 하지 말고 살자'고.
그럼에도 불구하고 나는 아직도 여러 사람에게 민폐를 끼치며 살고 있으며, 가끔은 어쩔 수 없게 이율배반적으로 살고 있습니다. 그래서 인간은 완전치 못한 존재가 아닐는지요? 그래서 부족하면 채우고 넘치면 덜고 사는 것이 인생을 잘 사는 요령이 아닐는지요?

학창 시절 '어디서 무엇이 되어 다시 만나랴'란 노래를 즐겨 부르던 친구가 있었습니다. 그 친구는 노래를 마치고 나서 내게 늘 물었습니다.
"우리는 이십 년 뒤에 무엇이 되어 있을까?"
나는 이 대답을 수십 년이 지난 얼마 전, 친구와 통화를 하면서 해줄 수 있었습니다.
"넌 닭강정 체인점 사장. 난 반 백수이자, 반 작가!"

이십 수년 후 우리는 이렇게 여기서 무엇이 되어 다시 만났네요. 사업가는 사업가로서, 회사원은 회사원으로서, 가정주부는 가정주부로서, 참 잘들 살고 있고 앞으로도 잘들 살아가리라 믿습니다. 친구이기 때문에 좋은 건, 상대가 잘 되었을 때 상대적 박탈감이 아닌 응원과 뿌듯함을 느껴서가 아니겠습니까.
우리에겐 이제 격려와 응원과 염려와 칭찬만 하고 살아도 빠듯한 세월이 남았을 뿐입니다. 이제는 그 방향으로 인생을 엮으며 살 나이가 아닌가 싶습니다.

여기에 실린 편지글들의 수신자는 동시대를 살고 있는 너와 나, 우리들입니다. 그리고 우리의 길을 따라오고 있는 청년들과 우리보다 먼저 이 길을 걸었던 선배님들입니다. 우리 모두 한 명 한 명이 꽃이고 나무이기에 수신자를 꽃과 나무로 불렀습니다. 또한 저마다의 고유성을 지니고 있기에 옆에 꽃말을 달았습니다.
이 글을 읽는 당신도 꽃이고 나무입니다.
그리고 친구입니다.
그래서 아름답습니다.

그라시안이 이런 말을 했습니다.
"친구를 갖는다는 것은 또 하나의 인생을 갖는 것이다."
세르반테스가 이 말에 화답을 했습니다.
"친구를 가지지 못한 사람은 인생을 반밖에 살지 못한 셈이다."
친구들이 있어 날마다 새롭고 행복합니다.
나 또한 누군가에게 그런 친구이고 싶습니다.

앞으로의 남은 인생, 늙어가되 낡아 해지지는 마십시다.
그리고 또 다른 인생들을 채우고 만들며 사십시다.

CONTENTS

_011 작가의 말

Letter One _017 오늘을 다시 원할 수 있게 오늘을 살자
_내 이름을 불러줘서 고마워

Letter Two _073 지는 것이 두려워 피지 않는 꽃은 없다
_아파할 줄 아는 네가 있기에 나도 있는 거야

Letter Three _131 날개를 가진 새는 가지가 부러질 것을 두려워하지 않는다
_슬픔을 아는 널, 난 사랑해

Letter Four _185 저 달처럼 고요히 흐르는 소리가 더 드높다
_'사랑한다'라는 말은 '살아간다'라는 말과 같은 말이래

[그리고;… 더하기]

Letter One

오늘을 다시 원할 수 있게 오늘을 살자

• 내 이름을 불러줘서 고마워 •

POST OFFICE

달맞이꽃에게

That is 마법

꽃

내가 그의 이름을 불러 주기 전에는
그는 다만
하나의 몸짓에 지나지 않았다.

내가 그의 이름을 불러 주었을 때
그는 나에게로 와서
꽃이 되었다.

내가 그의 이름을 불러 준 것처럼
나의 이 빛깔과 향기에 알맞은
누가 나의 이름을 불러다오.
그에게로 가서 나도
그의 꽃이 되고 싶다.

우리들은 모두
무엇이 되고 싶다.
너는 나에게 나는 너에게
잊혀지지 않는 하나의 눈짓이 되고 싶다.

-김춘수

너는 언제나 이름을 불러 주는 사람이지.
누구의 엄마, 누구의 아빠가 아닌 그 사람의 이름을.
너 또한 누군가 너의 이름을 불러 주길 바랐고, 그런 사람을 좋아했지.

나이가 먹어갈수록 우리는 자신의 이름으로 살아가는 것보다는
누구의 대변인으로 살아가게 되더구나. 그러면서 우리는
나를 점점 잃어가고 있는 건지도 모른다.
(오늘은 '변해감'을 '잃어감'으로 쓰고 싶다)
세속에서 불어오는 세파에 휘둘리어 동심과 멀어질수록
내 이름도 점점 멀어짐을 느끼는 것은 비단 나뿐일까?
아기의 솜털 같은 강아지풀과 달빛을 머금고 피는 달맞이꽃이 그리워지는
오늘이다.

네가 왜 너의 이름을 그토록 불러 주기를 바랐는지
생각해 본 적이 있단다.
그 이유는, 시처럼 너 역시도 누군가에겐 잊히지 않는
하나의 의미가 되고 싶었던 거야.

누군가가 내게 의미가 되어준다는 거.
또 누군가에게 내가 의미가 된다는 거.
죽고 싶어도 죽을 수 없는 이유가 아닐까?
살아 있음에 느낄 수 있는 최고의 행복이 아닐까?
그렇기에 나 역시도 너에게 하나의 의미가 되고 싶구나.

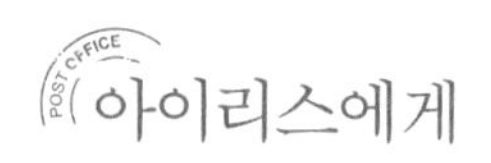

That is 기쁨 전달자

강풍주의보까지 발령되었던 하루가 별 탈 없이 무사히 지나간 것 같다.

난 너를 보면 때론 강철 같다는 생각이 들어.
내가 언뜻 헤아려 봐도 1인 5역 정도를 하고 있으니까 말이야.
성실한 것도 성실한 것이려니와 아마도 자기관리를 잘해서일 거야. 그렇게 지탱할 수 있는 것도, 오랜 기간 숙달된 마인드와 어느 정도의 경제 기반을 다졌기 때문이 아닐까 해.
인생 설계는 누구나 하지만 그것도 기초 공사가 튼실하지 않으면 모래 위에 세운 누각이 되잖아. 너는 기초 공사가 튼튼해서 웬만한 강풍에도 쓰러지진 않을 거야.
난 너에 비하면 기초 공사가 부실한 사람일는지도 몰라.
가끔씩 나에게도 부채감과 함께 자책이라는 것이 와락 덮칠 때가 있어.
나의 능력 부족으로 내 가족에게 힘이 되어주지 못할 때나 나를 도와준 사람이 어려움에 처했는데도 도와주지 못할 때. 이와 같은 상황과 마주칠 때면 자괴감과 함께 참 고통스러워져.
이런 나를 알아서 아마 다른 사람에게 웬만하면 도움을 안 받으려고 하는 걸지도 몰라.

내가 도움을 안 받으면 최소한 그런 경우가 와도 괴로움은 좀 덜해질 테니까. 신파극으로 흐를까봐 여기서 각설하고!

너는 정말 대단한 사람이야.
우리 나이의 사람들이 네가 가지고 있는 긍정적인 마인드와 이상을 따라 하려고 한다면 지금부터 족히 이십 년을 소비해야 할지도 몰라. 그만큼 너는 앞서 나가고 있는 거야. 비록 내가 너의 속사정을 잘 몰라서 하는 말일지도 모르지만, 기초가 튼튼하고 기반이 받쳐준다는 건 축복이야. 그건 네가 만들어 낸 거고. 그러니까 자신을 대견해하고 자부심을 가져도 돼.

내가 어젠 너무 늦은 시간에 연락을 했지?
미안허이. 실은 어제 누군가와 대화를 나누고 싶은데 맘 놓고 말할 사람이 마땅히 떠오르지 않더구나. 고적함이 찾아온 거지.
너도 때에 따라선 남들에게 보이지 말아야 할 곤궁함과 이런 고적함이 찾아올 거야. 혼자서 감내해야 하는 날들도 많을 테고. 그렇지만 좌절에 빠진 누군가 나로 하여금 희망을 찾고 위로가 된다면 보람이고 살아 있음에 감사한 일이 아닐까?

이 고적함을 달래줄 친구가 있다는 게 새삼 반갑고 감사하다.
언제나 나의 곁에 있어줘서 고맙다.
친구야.

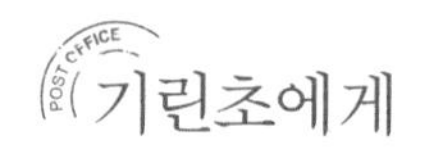

기린초에게

That is 기다림

며칠 전에 스승님을 뵈러 가다가 잠깐 고속도로 휴게소에 들렀었어. 주말이라서 그런지 휴게소는 사람들로 북적이고 여전히 공중도덕이 무시되고 있더구나. 서로 빨리 먹겠다고 매점 앞에서 아우성치는 모습이 아수라장을 방불케 하더군. 비단 이런 모습이 오늘낼 일은 아닐 거야.
빨리빨리 문화는 우리나라에 뿌리 깊게 박힌 정서잖아.
우리는 거기에 길들여진 민족이지.
역사가 그렇게 살라 부추겼고 가난에 찌든 우리네 부모님네가 그리 살라 채찍질했지.
그때는 그것이 생존 방법이었는지 몰라.
어쨌든, 그 결과로 가계와 경제는 빠르게 발전했고 한강의 기적을 일궈냈지.
하지만 그로 인해서 우리는 많은 걸 잃어가고 있는 듯 해.
친구도 잃어가고 삶의 여유도 잃어가고….
눈 뜨면 어제의 동지가 오늘의 적이 되어 가는 세상으로 점점 변해가고 있는 듯 하고….
너를 넘어뜨려야 내가 사는 구조니 그럴 수밖에.
하루하루 전전긍긍하며 긴장과 경계 속에 살아야 하는 이 시대 사람들은 친구의 표현대로 하루살이 인생들일지도 모르지.

하루살이는 입과 위가 없대.
금방 죽으니 그것들이 있을 필요가 없는 거지.
우리는 입과 위가 있으니 그나마 다행이랄까?
그러나 우리는 하루하루 똑같은 패턴으로 움직여야 하는 기계적인 인간이 되어 가고 있어.
많은 사람들이 그렇게 살고 있을 거야.
이를 두고 니체는 최후의 인간이라고 했던가? 창조성을 잃은 사람들.
그럼에도 불구하고 니체는 아모르 파티를 강조했지.
음, 과연 최후의 인간들이 자기 운명을 사랑할 수 있을까?
그들에게 있어 즐거움은 소비의 즐거움뿐인데?

이제 우리는 이 모든 무질서함과 창조력이 상실되어 가는 시대로 변질되고 있음을 인정하고 자각해야 해.
과유불급이라는 말처럼 넘치면 화가 생기지.
우리는 그동안 채우기 위해서만 살았어.
그런데 진실은, 비움이 채움이라는 걸 몰라.
신의 권능을 돈에 부여한 체제가 그것을 마비시켰고 통제했으며 망각시켰지.
채워진 컵에 더 채울 건 없어. 그런데도 더 채우려 한다면 그건 곧 폭발을 의미하며, 폭발은 곧 종말이지.
이제는 덜어낼 때지. 지구의 종말은 채우기 때문에 오는 것이기에.
'비움이 채움이다.'
우리에게 지금 필요한 것은 여유와 공간이야.
우리가 숨을 쉬면서 살 수 있는 것은 공간이 있기 때문이 아닐까?

세 개의 빛 알갱이들 사이엔 공간이 있어. 그게 숨통이지.
마냥 채우려 한다면 그건 곧 우리의 숨통을 점점 좁혀가고 있다는 거야.
풍선이 터지는 이유는 공기들이 숨을 못 쉬기 때문이잖아.
우리 몸에 머리와 가슴이 따로 분리되어 있는 것은 삶의 조율을 위해서지.
몸과 마음이 일체라지만 그럼에도 불구하고 나누는 것은 서로의 기능이
다르기 때문이야. 몸이 바쁘면 마음으로 쉬고 마음이 바쁘면 몸이 쉬고.
현명함이란, 이런 완급 조절을 잘하는 것을 말하는 것일 거야.

That is 기다림

지금 당장 어쩌지 못할 것을 가지고 왜 그리 조급하게 생각하니?
엉킨 실타래가 급하게 푼다고 풀어져?
약탕기에 불길을 더 세게 한다고 약물이 더 빨리 우러나오진 않아.
약탕기만 탈 뿐이잖아.
너에게 찾아온 시련도 마찬가지 아닐까?

사람은 살아가면서 누구에게나 핸디캡이 주어져. 시련도 오고 슬럼프에도 빠지고….
하지만 이건 우리가 인생을 살면서 필요불가결하게 맞이해야만 하는 것들이야.
나는 이런 것들을 트레이너라고 불러. 나를 더욱 강건하게 만들기 위해 찾아온 트레이너.
지금 당장 어쩌지 못할 거라면, 잔잔한 불로 약탕기에 약을 달이듯 그렇게 기다리고 다스려 봐.
1미터 떨어져서 지켜보고, 100미터 멀리서 지켜보고 자신을 객관적으로 관조하는 것이 지금 네가 할 일 아닐까? 그러다 보면 문제를 풀 수 있는 어떤 단서가 나오지 않을까?

시련을 넘기면 성숙이 와.
인생이란 학교를 살면서 우리를 아프게 하고 꺼두르게 하는 것들은 각자에게 주어진 숙제야. 그 숙제를 하면서 사는 게 인생이고. 그렇게 살다 보면 고도가 기다리는 곳에 닿을 수 있는 것이라 여겨. 아프다는 건 감정이 내 안에서 충돌하고 있다는 거고, 그건 살아 있다는 증거이기도 해. 근력이 생기기까지 많은 아픔을 겪듯 마음의 근력 또한 수없이 아파야 지만 견고하고 튼튼해져.
만약 베토벤에게 귀머거리라는 핸디캡이 없었다면 그는 일개 피아니스트로 살다 갔을지 몰라. 그는 핸디캡을 이겨냈고 풀었기에 오늘날 우리들에게 위대한 음악가로 기억되는 거야.

20~30대는 경험을 쌓기 위해 있는 시간이라면
40대는 지혜를 쌓으며 살아야 하는 시기가 아닌가 싶어.
모든 고통의 시작은 '모른다' 에서 시작해.
그것이 무지無智야. 지혜가 없는 것.
네가 지금 고통스럽다면 무지해서 그런 거야.
그렇다고 자신을 학대하지는 마.
자신이 '모른다' 는 것을 알게 된 그 자체가 지혜의 반을 얻은 것이니까.

That is 소중한 추억

친구야
오늘은 해거름이 시작될 무렵
어디선가 흘러오는 갈잎 타는 냄새를 맡으며 외출을 했단다.
이유는 오래전에 먹었던 추억의 도시락이 생각나서였어.
발걸음이 멈춘 곳은 친구가 하는 포차였어. 친구가 하는 포차에는 서민들이 즐겨 찾는 먹을거리는 물론 추억의 도시락을 판단다.

유독 겨울로 성큼 들어선 이맘때면 너와 함께 이 도시락이 절실해진다.
나는 이 도시락을 보면 네 생각이 나.
지금은 추억의 도시락이 되었지만, 추억이라고 부를 그 시절에는 우리들에게 풍성한 행복감을 전해주는 도시락이었지. 한겨울철 따뜻한 온기를 전해주던 전령사 같은 도시락.

기억나?
3교시가 끝나고 쉬는 시간이 되면 아이들은 저마다의 도시락을 들고 갈탄 난로 주위로 몰려들었던 거? 겨울철이라 밥이 찼기 때문에 데워 먹기 위해서지. 서로 좋은 자리를 점유하기 위해 때론 난장판이 되기도 했단다. 자칫 좋은 자리를 차지하지 못하는 날에는 김이 모락 나는 밥이 아닌 찬밥과 아래에 깔아놓은 이 시린 생김치를 서걱거리며 먹어야 했거든. 그러나 언제나 반에서 힘센 아이들이 좋은 자리를 차지하는 바람에 변방에 있었던 아이들은 찬밥을 먹기 일쑤였어. 보다 못한 담임선생님은 순번을 바꿔가며 도시락 당번을 세웠었지. 그 이후 나름 도시락의 질서는 어느 정도 평등해졌어.

4교시가 십여 분 지나면, 차곡차곡 쌓인 도시락에서 몰랑몰랑 올라오는 고소한 참기름 냄새와 어우러져 김치 익어가는 냄새가 온 교실에 진동을 했어. 그 냄새는 침샘을 자극해 식욕을 부추겼지. 수업이 뒷전이었던 건 비단 나만이 아니었을 거야. 그때 먹었던 도시락 맛은 잊을 수 없는 추억으로 남았지. 그리고 그 추억과 함께 네가 떠올라.

내가 도시락 당번을 했을 때였어. 내가 반 아이들 도시락을 데워주다가 실수로 교실 바닥으로 켜켜이 쌓인 도시락을 주르륵 엎었었어. 순식간에 교실은 정적이 흘렀고 바닥엔 몇 명의 아이들 도시락의 내용물이 쏟아졌지. 그 도시락 중엔 내 것도 있었단다. 그때 얼마나 당황하고 미안했던지…. 지금은 추억으로 남아있지만 그 당시엔 식은땀이 날 만큼 악몽이었단다. 내 실수로 몇 명의 아이들은 점심을 꼼짝없이 굶었지. 나 역시도 마찬가지였고. 그때 네가 네 밥을 나에게 나눠주었어. 도시락 뚜껑에 잘 비벼진 밥을 나눠주었을 때 참 많이도 미안했고 고마웠단다.

친구야

지금 와서 고백하는 거지만, 사실 그날 도시락을 엎은 실수는 내 욕심 때문이었단다.

내 도시락을 더 따뜻하게 데우기 위해 아래에 끼워 넣다가 그런 사달이 벌어진 거야.

이렇게 과욕은 작든 크든 언제나 화를 부르지.
이 작은 사건 하나가 나의 전체를 바꾸진 못하겠지만, 하나의 의식으로 남아있을 때 삶의 각성제 역할을 한다는 것을 알게 되었다.
이 깨달음은 너의 나눔으로 고착된 거야.
고맙다, 친구야.

언제 너와 같이 추억의 도시락을 같이 먹을 날을 기다리며….

언제 너와 같이 추억의 도시락을
같이 먹을 날을 기다리며⋯

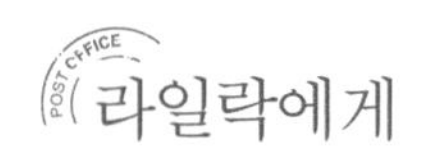

라일락에게

That is 친구의 사랑

어렸을 때 넌 참 착한 아이였다.
어려운 친구가 있으면 넌 그냥 넘어가지 않았지.
넘어지면 일으켜 세우고 먹을 것이 있으면 나눠주던 아이였지.
네 몫만 챙기려 하지 않았어.
특히 너에게 수혜를 받은 건 나였지.
어렸을 때 난 병약한 아이여서 교실 바닥에 곧잘 토하곤 했어.
그것을 넌 아무런 내색도 없이, 누가 시키지도 않았는데 다 치워주었지.
결코 쉽지 않은 일이었을 텐데….

너의 그런 모습 때문에 반 아이들이 널 매우 좋아했어.
너는 단연 우리 동창 중에서 모범생이었고 그런 마음은 여전히 가지고 있다.
우리 동창들 중에 널 시샘하거나 욕하는 사람은 단연코 한 명도 없었고 앞으로도 없을 거야.

너는 머리로 말하는 사람이 아니라 늘 가슴으로 말하는 사람이야.
아마도 이런 너를 너희 시어머니가 시샘했나 보다.

너에게 지악스럽게 구시는 걸 보면.
어찌 보면 너희 시어머니라는 분은 참 불쌍한 사람이 아닐까 한다.
남들은 다 보는 것을 그분께서만 못 보는 것이니까. 너 같은 며느리, 요즘은 정말 흔치 않아. 현모양처이자 효부를 몰라보는 분이니 얼마나 불쌍한 일이야!
세상을 살다 보면 이런 사람 저런 사람 다 만나잖아.
그로 하여금 나약해지지는 마.
이것 또한 너에게 있어 마음 자세를 시험하고 성숙에 앞서 오는 마구니일지도 모르니까. 사람이 성숙을 하기 전에 그 사람의 한계를 시험하기 위해 마구니가 낀다고 하잖아.

열 사람이 한 사람 바보 만들기는 쉬워도, 한 사람이 열 사람 바보 만들기는 어렵잖아.
너를 질시하는 사람은 시어머니 한 사람뿐이지만, 너를 지지하는 사람은 그보다 비교도 안 될 정도로 많아.
너에게 꽃을 줄 사람은 많지만 돌을 던질 사람은 없어.
너는 세상 잘못 살지 않았어. 네가 잘못 살았다고 하면 목매달고 죽어야 하는 사람은 천지에 널렸단다. 그러니 절대로 자괴감이나 자기멸시는 갖지 마. 그건 네가 너에게 미안한 짓을 하는 것이니까. 너는 너 스스로 자랑스러워해도 돼.

너희 시어머니를 통해서 너란 존재가 정말 훌륭한 사람이구나 하는 걸 새삼 느끼게 하는 밤이다.
벗님!
지금까지 양심에 따라 살았듯 앞으로도 그렇게 사세요!

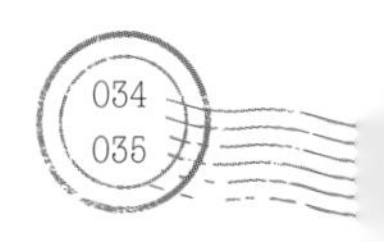

성인으로 추앙받는 사람들의 공통점은 양심에 따라 살았다는 거잖아.

이젠 너를 어지럽히려는 사념들일랑 내려놓고 푹 자길 바랄게.

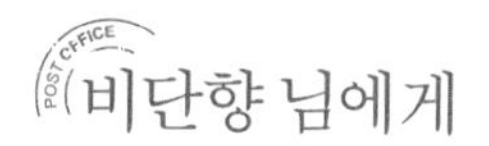

비단향 님에게

That is 한결같은 사랑

날이 끄물한 것을 보니
비가 오려나 봅니다.
먹장구름이 비가 되어 내리기 전에 우산을 준비해야겠습니다.

요사이 나에 대한 소식이 안 좋게 들려와 맘이 불편했으리라 여깁니다. 사람 사는 세상이니 이런저런 일들이 벌어지고 그중에 음해성 말들도 섞여 있는 건 비단 오늘만 겪는 일들만은 아닐 것입니다.
어려운 농가를 도와주려고 했던 일이, 농산물 가격을 시중 가격보다 높게 받는 꼴이 되어버렸으니 제가 중간 유통마진을 챙겼다는 오해를 살 만도 합니다. 제 불찰이 큽니다. 선배님께도 본의 아니게 비싼 농산물을 공급해드린 것 같아 그저 죄송할 따름입니다.
이번 일은, 저 또한 사람들과 나와의 관계에 대해 뒤돌아봄의 계기가 된 것이기도 합니다.
하지만 그를 용서해줄 마음은 아직 생기지 않습니다.

그가 했던 일련의 일들, 음해성 소문을 퍼뜨린 건 이번 한 번이 아닙니다. 어쩌면 사람들에게 관심을 받고자 하는 마음이 너무 과했던 것일지도 모릅니다. 그 뒤에는 외로움이 있었을 겁니다.
하지만 지금의 저로서는 그에게 사과를 받는다 해도 안도나 기쁨 같은 건 없을 것 같습니다. 나 또한 상대의 기분을 상하게 할 만한 짓을 했을 테니까요.
다만 그동안 나와 함께 보낸 그 사람과의 관계가 허망했음이 안타까울 뿐입니다.
이번 일을 겪으면서 다시금 내가 이제는 침묵을 해야 할 때가 왔구나 싶더군요.
알량한 자존심 때문에 비분강개한 내가 부끄럽기도 합니다.
인간은 감정의 동물이고 그로 인한 변화를 인정하면서도 당연한 것으로 받아들이지 못하고 의연함을 부재시킨 내 자신이 부끄럽기도 합니다.
어쩌면 이 일이 자아 성찰을 시키기 위해 내게 다가온 복습적 통과의례일지는 모릅니다.
'이에는 이! 눈에는 눈!'이라는 삶의 전술을 거부하고픈 나였는데 이번 일을 겪으면서 나 또한 그걸 선택하려 했지요. 그래서 사람은 참 간사한 동물이라고도 한 것일 겝니다.
고마움은 바위에 새기고 원수는 물에 새기라는 잠언을 따르는 삶을 살려고 했는데 내가 아직 미성숙하여 쉽지 않은 일임을 새삼 느낍니다. 어쩌면 여기까지가 내 인간 성숙의 한계인지도 모르지요. 그렇기에 그 사람을 용서해 주라는 선배님의 조언을 아직까지 받아들이지 않고 있는 것이겠지요.

그런데 선배님, 용서만이 진정 사람을 위하는 길일까요?
용서를 해주지 않는 것이 오히려 상대를 위한 배려는 아닐까요? 사람은 느껴야지 깨닫게 되는 경우도 있으니까. 사람은 알려줘야 알게 되는 경우도 있으니까요.

이와 같은 내 행위는 내가 잘나서도 아니고 그 사람이 못나서도 아닙니다. 또한 내가 못나서도 아니고 상대가 잘나서도 아닙니다. 상황에 따라 선 선이 악이 될 수도 있고, 악이 선이 될 수도 있듯 이건 분별심의 문제가 아닐는지요?

POST OFFICE

할미꽃에게

That is 후회 없는 청춘

거울을 보았어.
몇 년 전만 해도 제 나이를 안 보던 얼굴엔 잔주름이 생겼고 오년 전만 해도 염색을 안 해도 그냥저냥 봐줄 만한 머리엔 내 나이보다 훨씬 들어 보이게 하는 흰머리가 많이도 생겼더구나.
그러고 보니 흰머리 하나에 백 원을 주며 뽑았던 아이들의 손이 떠난 게 언제였는지도 기억이 나질 않는다.
늙어짐에 서러움을 감출 수 있는 사람은 그리 많지 않을 거야.
나이가 먹어갈수록 덜어놓고 사는 것이 많아야 할 텐데 오히려 군더더기가 더 붙는 것 같구나.

사람은 어차피 죽을 거고 생로병사는 인간인 이상 거역 못할 인생의 수순인데 늙어감을 초연하게 받아들이지 못하고 서러워하는 건 그만큼 아쉬운 것이 많아서겠지.
아쉬운 게 있다는 것은 후회스러운 것이 있다는 것이고.
후회스러움이 많은 사람일수록 늙어짐이 더 서럽게 느껴지는 것은 아닐까?

앞으로는 후회스러움을 가급적 남기지 말고 살아야겠어.
그래야겠어.

후회스러움을
가급적 남기지 말고
살아야겠어.

매화에게

That is 기품

흑인한테 유난히 희게 보이는 것이 세 가지가 있다는구나.
눈, 치아, 손바닥.
그런데 사실은 그들이 가지고 있는 것이 백인 것보다 희어서가 아니라, 그들의 살색이 검기 때문이야.
언제나 유난히 빛나는 것 뒤에는 검은 장막이 있지. 다만 세상엔 그것을 걷고 나온 사람이 있거나 아직 나오지 못하는 사람이 있을 뿐.

친구는 그것을 걷고 나온 사람일 거야.
친구가 앞으로 지금보다 더 빛나 보이게 된다면, 그건 암울했던 유년시절이 한몫 거들었기 때문일 거야. 그것이 친구에게 가장 훌륭한 자양분이 될 것이라 여겨.

오늘은 외로움에 대해 말할까 해.
모든 사람은 외로워.
그런데 그들보다 더 외로운 건 어쩌면 공식적인 자리에 있는 사람들일 거야.
특히 친구 같이 남들에게 희망을 주고 행복을 주고 감동을 줘야 하는 사람들은 어쩌면 더 할지도 몰라. 아무리 안 좋은 일이 있어도 청중들 앞에 선 웃어야 하고 행복해해야 하지. 그들은 친구에게 그것을 원할 테고 기대할 테니까.
자기의 속을 숨기고 자기를 버리고 그들을 위해 그 시간을 산다는 것, 웬만해선 결코 쉬운 일은 아니지. 스포트라이트와 관중이 빠져나간 그 뒤엔 극심한 우울증이 오기도 하니까.

친구야, 이미 유년시절부터 불과 몇 년 전까지 험난한 고행의 삶을 살았고, 그로 인해 트레이닝이 되어 있으니 앞으로 다가올지도 모르는 어려움의 난관쯤은 잘 헤쳐 나가리라 믿어. 그럼에도 불구하고 조금이나마 도움이 되고 싶은 마음에 몇 마디 거든다면, 반드시 친구의 속을 털어낼 수 있는 존재를 만들라는 것과 유머와 친해지라는 거야.
그것이 앞으로의 친구 행보에 많은 도움이 될 거야. 언제까지라도 지탱하게 해줄 수 있는 보이지 않는 지지대가 될 거야.
유머의 힘은 인간이 가지고 있는 힘 중에 가장 강한 힘이라고 해. 유머는 라틴어로 '흐르다'란 어원에서 유래되었다는구나. 사람과 사람의 관계에서 가장 중요한 것은 소통이잖아. 소통은 원활하게 흘러야 하는 거고. 그 역할을 감초처럼 해주는 것이 유머라고 생각해. 유머에는 어려운 상황을 전환하고 극복할 수 있는 힘이 들어있어. 그렇기에 인간이 가지고 있는 힘 중에 가장 강한 힘일지도 몰라.

참, 그거 아니?
대중 앞에 서는 사람은 무엇보다 목소리가 중요한데 친구의 목소리에는 사람을 몰입하게 만드는 카리스마가 있다는 거.
축구선수가 재능 없이 열정만 가지고 축구를 잘할 수 없듯, 말하는 것을 업으로 삼고 살아야 하는 사람도 재능이 없으면 한계가 오지. 친구에겐 남들이 가지고 있지 않은 것들이 있는데, 그중에서도 으뜸이라 할 수 있는 것은 몸에 밴 기품과 긍정적 마인드가 녹아 있는 목소리야.
강사로서 대단히 좋은 재료를 가진 것이지. 거기다가 삶과 사람을 대하는 진솔한 태도와 감동을 줄 수 있는 소재거리도 많이 가지고 있잖아. 그 소재는 친구가 살아온 나날들도 한몫할 것이고. 그것과 친구가 가지고 있는 내공을 잘 믹스하면 친구가 하는 강의에서의 감동은 더욱더 빛을 발할 것 같구나.

이런 나날이 지속되기를 빌며 앞으로도 사람들을 행복으로 이끄는 멋진 강연 부탁할게.

잊지는 마.
인간과 인간을 연결해주고 세상과 소통하게 해주는
최고의 연결 고리는 '말' 이라는 사실을.
그 일을 네가 하고 있다는 사실을.

속마음을 나눌 수 있는 친구만이
인생의 역경을 헤쳐 나갈 수 있는 힘을 제공한다.

_그라시안

That is 이별

고즈넉한 저녁이다.
하루의 이별을 알리는 황혼이 아름답다.
황혼에 물든 하늘을 보면서 잠깐 인연에 대해서 생각했어.

요사이 근 십 년 동안 사용했던 노트북이 기어이 사망하더니 하루 사이로 근 오 년 동안 사용했던 휴대폰을 분실했어. 그리고 오래된 사람도 가을 끝자락에 매달린 낙엽처럼 걸러져 점점 떨어져 나가고 있음을 느껴.
이렇듯 모든 인연에는 유효기간이 있음을 재차 확인하는 요즘이야.
자연 현상이기에 담담하게 바라볼 뿐 거기에 연연하거나 붙잡을 마음도 생기질 않는구나.
요사이 벌어지고 있는 나의 상황을 두고 혹자들은 망조라고 할지도 몰라. 내가 가지고 있는 것들이 하나둘 떨어져 나가니 그런 해석이 나오는 것도 무리는 아닐 거야.
혹 그렇더라도 내가 마주해야 할 운명이라면 담담하게 받아들이면 되는 것이지.
그럼에도 불구하고 휴대폰을 분실한 서운함은 숨길 수가 없구나. 구닥다리 기기지만 그 안에 가지고 있는 자료들은 돈으로도 환산하기 어려운 것들이기에….

내 입때껏 무생물체와의 이별에 이렇게 가슴이 허해보기는 처음이다. 소통기기가 없어졌다는 아쉬움보다는 상실감 때문이겠지. 지금까지 그 휴대폰이 내 수행 비서이자 친구로 많은 자리를 차지했음을 새삼 절감한다. 아침마다 깨닫는 무언가는 그놈에게 다 기록해 놓았기에….

그러나 이미 떠난 것에 대해 미련을 둬서 무엇 하겠는가?

감정노동일 뿐이지. 이미 떠나간 것은 내 것이라 할 수 없기에 타산지석으로 삼는 것이 나에겐 훨씬 이로움일 거야.

지금은 비록 딸내미 컴퓨터로 곁살이를 하고 있지만 여벌로 사는 인생, 이것만으로도 감지덕지해야겠지. 원래 내겐 아무것도 없었는데 이만하면 호사가 아니겠는가?

잃음이 있으면 얻음도 있는 법.
끝이 다하면 새로움도 오는 법.
나무는 바람에 휘청이면서 제자리를 잡고
움직이는 것에 반동이 있으면 역반동도 반드시 있는 법.
오르막이 있으니 내리막도 있는 것이고 내리막 다음엔 오르막이 있지.
그것이 인생의 한 단락이 아니겠는가.

바이올렛 님에게

That is 영원한 우정

인터넷에 떠도는 친구를 분류한 글귀 중에 이런 글이 있더군요.

첫째 - 꽃과 같은 친구
꽃이 피어서 예쁠 때는
그 아름다움에 찬사를 아끼지 않습니다.
그러나 꽃이 지고 나면 돌아보는 이 하나 없듯
자기 좋을 때만 찾아오는 친구는
바로 꽃과 같은 친구입니다.

둘째 - 저울과 같은 친구
저울은 무게에 따라 이쪽으로 또는 저쪽으로 기웁니다.
그와 같이 나에게 이익이 있는가 없는가를 따져
이익이 큰 쪽으로만 움직이는 친구가
바로 저울과 같은 친구입니다.

셋째 - 산과 같은 친구
산이란 온갖 새와 짐승의 안식처이며,

멀리 보거나 가까이 가거나 늘 그 자리에서 반겨 줍니다.
그처럼 생각만 해도 편안하고 마음 든든한 친구가
바로 산과 같은 친구입니다.

넷째 - 땅과 같은 친구
땅은 뭇 생명의 싹을 틔워 주고 곡식을 길러내며
누구에게도 조건 없이 기쁜 마음으로 은혜를 베풀어 줍니다.
한결같은 마음으로 지지해주는 친구가
바로 땅과 같은 친구입니다.

사마천의 사기에서도 친구를 네 종류로 구분했습니다.

외우畏友, 서로 두려워하지만 서로를 존중하고 존경하는 친구.
밀우密友, 힘들 때 돕고 언제나 함께 있는 친구.
일우昵友, 좋거나 노는 일에만 어울리는 친구.
적우賊友, 이익만 좇고 나쁜 일은 떠넘기는 기회주의자 같은 친구.

후배님 주위에는 어떤 친구가 있나요?
또 서로에게 어떤 친구이고 싶은가요?

가만히 두런두런 지나온 세월을 거쳐 오늘을 거닐어 보면,
성인이 되어서 우정보다는 이해관계로써 인간관계가 형성되어서인지
아니면 세상이 친구가 없어도 살 수 있는 쪽으로 진화해서인지는 모르
겠지만 친구보다는 지인이 더 많아졌습니다.

인디언에게 친구란 '내 슬픔을 등에 지고 가는 자'를 의미한다고 합니다. 슬픔을 등에 지고 갈 정도는 아니어도 그저 배려할 줄 아는 사이만 되어 주어도 고마운 친구가 아닐까 합니다.

나라가 메르스로 인해 뒤숭숭한 날들의 연속입니다. 이래저래 팍팍한 일로 고단한 일상들일 겝니다. 그러나 이것도 지나가겠지요.
잠시 동안 속 시끄러운 일들일랑 예다 내려놓고, 차 한잔을 음미하듯 그 즐거웠던 시절의 동무들을 생각해보는 여유를 가져 보십시다.

That is 절제

나랑 벌써 삼 년째 겨울을 나는 신발이 있어.
시골에 가면 어르신들이 즐겨 신을 법한 털신이지.
저 신발이 편한 것까진 좋은데 쿠션이 없다네. 또한 통풍이 안 되고 보온 효과가 없어서 발도 시려. 눈이 오는 날이면 스노우 보드로 변하기도 해.
그럼에도 불구하고 난 이 신발이 좋다.
세련미는 없지만 변하지 않는 고즈넉함과 순수함이 있어서 좋아.
남들은 촌스럽다고 하지만 나에겐 꾸미지 않은 멋스러움으로 보이거든.
나는 사람도 이런 사람이 좋아.

자기가 좋은 쪽으로 마음이 흐르는 것은 이상할 일도 아니지.
많은 사람들은 자기에게 처음부터 극진한 대접을 해주는 사람을 좋아해.
누구나 인정받고 싶고 대접받고 싶어 하는 건 잘못된 것은 아니지.
그러나 처음부터 극진한 대접을 해주는 사람은 오히려 위험한 사람일 수도 있어.
베풂이라는 것은 어느 정도의 갈증이 나야 물맛도 두 배가 되어 해갈의 기쁨도 두 배가 되듯, 처음부터 100을 해주면 처음엔 감사하겠지만 기대심리가 점점 커지고 그보다 못한 대접을 받으면 자존감에 금이 가게 만들 수도 있거든.
뭐든 처음엔 적당한 것이 좋아.
사랑 앞에선 극진한 대접이 오히려 가벼운 사람으로 비춰지기도 해.
가벼운 사람은 나뭇잎 배와 같아.
나뭇잎 배는 절대로 바다로 갈 수 없어.
왜냐하면
나뭇잎 배는 어느 정도의 시간이 흐르면 반드시 물에 가라앉기 때문이야.

공감할 수 없다면, 주변을 돌아봐.
그대를 여왕처럼 떠받들던 사람이 지금 그대를 어떻게 대하고 있는지.
듣기 좋은 소리도 한두 번이지 계속하면 면역력이 생기는 이치와 같은 거야.

이 세상에 영원한 것은 없어.
있다면 영원할 거라 믿는 그 바람뿐일 거야.
큰 산도 변하고 만만세세 굳건할 거 같던 바위도 세상 풍파에 닳고 해져.
하물며 사람의 마음은 어떻겠어?
처음에 받았던 감흥을 늘 간직할 자신이 있어?
처음엔 마치 여왕처럼 받들더니 세월이 흐를수록 시녀가 되어가지 않았던가? 그러면서 자존감이 무너져 내리지 않던가? 사람은 그걸 찾기 위해 불만을 증폭시키고 갈등 끝에 일탈을 꿈꾸기도 해.

물질의 가치가 나의 존재 가치를 가늠할 수 있는 수단 중 하나일 수도 있지만, 거기에 쏠리면 결국 물질의 노예가 되고 감동 그 자체를 물질의 가치로 대변하게 될 수도 있어. 작은 것에 감동하지 못하면 행복에선 한

없이 멀어져.

사람이 좋아지면 다 주어도 아깝지 않지. 이것을 사랑이라 말해. 그러나 여기에 절제가 빠지면 대부분 그의 결말은 나락이 될 수도 있어. 그렇기에 성숙한 사랑은 절제에서 오는 거지.

추신

'영원한 것은 없다' 는 말에 너무 많은 마음을 내어주지는 마. 그보다 더 중요한 것은 '지금' 이고, 지금을 대하는 너의 태도니까.

POST OFFICE

갈란투스 님에게

That is 희망

친애하는 김 선생님,
설은 잘 쇠셨는지요?
오늘은 비가 오는 군요.
입춘이 지났으니 겨울비라는 이름을 붙이기엔 좀 어색하지만
춘래불사춘春來不似春이라는 말이 입에 감도는 걸 보면 그리 무리는 아닌 듯싶군요.

설날 아침 친구로부터 한 통의 전화를 받았습니다.
"오 작가야, 마흔다섯의 턱을 넘기가 왜 이리 힘드냐?"
"이눔아! 그야 당연하지. 너야 다리도 짧고 몸도 뚱뚱한데 힘이 든 건 당연한 거 아녀. 살부터 빼아~"
비록 농으로 화답을 했지만 아마도 우리 나이에 세대들은 다들 엇비슷한 감정으로 살고 있지 않나 싶습니다. 나 역시도 마찬가지고요.

춘래불사춘! 봄은 왔는데 봄 같지가 아니함은 비단 우리만은 아닐터!
그러나 놈이 앓고 있는 암보다도 내 몸에 깃든 고뿔이 더 아픈 법이 아니던가요.

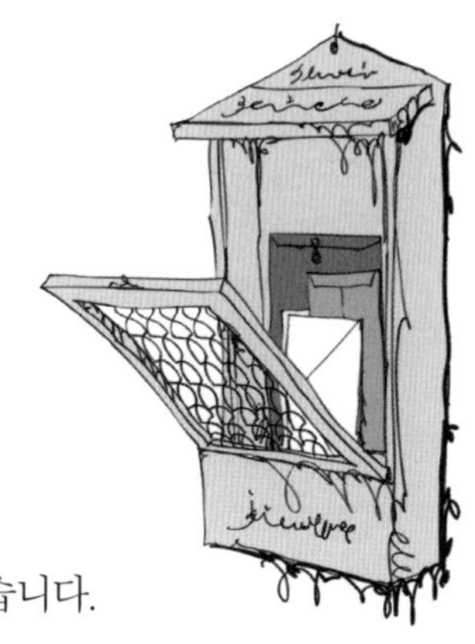

마흔다섯.
백세 시대에 살고 있으니 이제 반 살았군요.
어쩌면 인생에서 가장 버거운 때가 아닌가 싶습니다.
경제적으로도 가장 많은 돈이 들어가는 때.
사회생활에서의 불안함 때문에 인생의 기로에 놓여 있는 때.
생존을 위해 더러워도 버텨야 사는 때.
더욱이 IMF를 맞아 사회 진출이 늦었던 세대들이기 때문에 어쩌면 기성세대들보다 더 힘겨울지 모릅니다.
그러나 어쩌겠습니까?
이미 흘러간 물에 손을 다시 담글 수도 없고 물레방아를 다시 돌릴 수도 없는 일인데 후회해 본들, 원망해 본들, 돌아오는 건 공허한 메아리뿐이 아닐는지요. 이미 흘러간 물에 미련을 버려야겠지요.

친구의 넋두리 전화를 받은 후에 남의 이야기가 아닌 것 같아 쓴 글입니다.
우리에게 열린 문에 무엇인가를 봐야 하고 찾을 때가 아닌가 싶습니다.
남은 연휴 잘 보내시길.

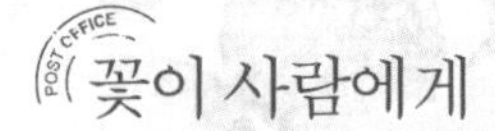

꽃이 사람에게

사람 -
70억 명 중 5천만 명
5천만 명 중 300만 명
300만 명 중 30만 명
30만 명 중 3만 명
3만 명 중 천 명
천 명 중 다섯 명
다섯 명 중 한 사람
그 사람이 나래

그런데 그건
당신들이 잘못 본 거라
말해주고 싶어
내가 보는 나는
후회라는 문패를 달고 있는 닫혀 버린 문 앞에서
아직도 서성이고 있으니까
그런데 누가 그러더라

인생의 문이 하나가 닫히면
또 하나의 문이 열리는데
많은 사람들은 그 문을 못 보고 산대
닫힌 문을 너무 오랫동안 바라보고 있어서

그걸 알고 있는 것도 나고
그중에 한 사람도 나야

꽃-
그러니?
그렇다면 너무 오래 서성이지는 마
열린 문도 닫혀 버릴 수 있으니까

자귀나무에게

That is 환희

날씨가 곱다.
연이은 맑은 날로 눅눅함도 사라졌다.

이같이 좋은 날,
내 친구 중 한 명이 오늘 늦깎이 결혼을 한다는구나.
날짜는 기막히게 잡은 듯하다.

이 세상에서 완전함을 대신할 수 있는 말은 무엇일까?
그것은 어쩌면 '짝'이라는 말이 아닐까?
젓가락은 불완전한 하나가 둘이 되면서 완전함을 이루고
신발도 하나에서 둘이 만나서 한 켤레가 되듯
짝은 불완전함을 완전함으로 만든다.
이런 이치로 보자면, 사람 또한 혼자일 때보다는 둘일 때 온전한 하나가 되는 것은 아닐까?

결혼할 때 궁합이라는 것을 본다.
궁합은 사주로 보는 것인데, 이 세상에 좋은 사주는 있어도 완벽한 사주는 단 한 사람도 없다. 사주가 완벽하게 되려면 사주(년, 월, 일, 시)에 오는 오행(목화토금수)이 여덟 자(팔자)가 아닌 열 개의 글자가 되어야 하거든. 하지만 모든 사람은 오행 중 최소한 두 자가 모자라.
이 모자란 두 자를 찾기 위해 사는 것이 인생이 아닐까?
그것을 채워주고 덜어주기 위해서 보는 것이 남녀 간의 궁합이고, 채워주고 덜어주며 사는 것이 부부가 아닐까? 이것을 우린 배필이라고 하며 짝이라고 부르지. 비단 이 이치는 부부지간에만 적용되는 말은 아닐 게다. 인과관계도 그렇다.

부부 금슬의 상징인 비목어는 눈이 하나라서
반드시 암컷과 수컷이 짝을 이루어야만 헤엄을 칠 수 있고
눈이 한쪽으로 몰려 있어서 서로 못 보는 부분을 도와주며 산다고 해.
또한 당나라 현종과 양귀비의 사랑을 노래한 시에 나오는 비익조는
암수가 각각 좌우 눈과 날개를 한 개씩 가지고 있어서 혼자서는 날 수가 없다고 해.
그래서 서로 몸을 맞붙이고 각자 가지고 있는 날개를 퍼덕여 하늘을 난다고 하더구나.
너와 나도 이렇게 서로 도와가며 살았으면 좋겠다.
또한 오늘 결혼을 하는 그들도 그렇게 살아가길 바란다.

이 세상에서 완전함을 대신할 수 있는 말은 무엇일까?
그것은 어쩌면 '짝'이라는 말이 아닐까?

박하에게

That is 미덕

3월.

이따금씩 드는 생각이지만, 사람 사는 세상에서 실질적인 일 년의 시작은 1월이 아니라 3월이 아닌가 싶어.

겨울잠에 들었던 동물들이 깨고 겨우내 땅속에 움츠려 있던 새싹들이 기지개를 펴는 시기. 그리고 학교에 다니는 자녀들을 둔 가정에서는 새 학기의 시작이니 여느 때와 다르게 새로운 부산스러움에 몸 또한 바삐 움직일 테고 말이야.

특히나 신상품을 내놓아야 하는 기업들도 봄 상품 출시로 바쁠 거야.

그런 면으로 보자면 패션업을 하는 친구도 예외일 순 없겠지.

지금쯤이면 매장에 진열해 놓았던 겨울옷을 봄옷으로 교체해 새 단장을 해놨겠구나.

지난겨울은 네가 보내준 옷 덕분에 따뜻하게 잘 보냈어. 너 또한 땅 파서 장사하는 것도 아닐 터인데 매번 신경을 써주니 고맙기도 하지만 한편으로는 미안하기도 하다. 받은 만큼 돌려주진 못해도 조금이라도 신세를 갚으면서 살아야 하는데…. 언제고 갚을 날이 오겠지.

참, 지난번 한파에 맨손이었던 나에게 준 네 장갑을 돌려줘야 하는데 돌려주지 못한 채 겨울이 이렇게 갔구나.
그런데 그거 아니?
네 장갑에 남은 온기도 온기지만, 네 마음에 담긴 온기 때문에 더 따뜻했다는 거.
그래서 알게 되었어. 사람의 향기가 멀리 가고 오래 가는 것은 온기 때문이라는 것을.
네가 전해준 온기 식지 않게 잘 기억하고 잘 보존하면서 살게.
고맙다, 친구야.

That is 풍요

지금 시각이 밤 아홉 시가 넘은 시간이구나.

어쩌면 너는 지금쯤 회사에서 나와 지하철을 기다리고 있을지도 모르겠다.

그러곤 지하철이 오면 집으로 가는 40여 분 동안 네가 너에게 약속한 너만의 시간을 가지겠지?

네가 좋아하는 사람들과 통화도 하고 웹툰도 보고.

너를 보면서 그런 생각을 했어.

하루 24시간 중 자는 시간을 제외하고 올곧게 나만을 위해 쓰이는 시간은 얼마나 될까?

무엇에 연관되어서가 아닌 오로지 나 혼자만을 위한 시간.

사람마다 다 다르겠지만 너와 같은 직장인일 경우는 엇비슷할 것 같다는 생각이 드는구나. 어쩌면 말이야, 그조차도 없이 사는 사람들도 많을 거라는 생각이 든다.

왜냐하면 우리는 매시간 선택을 해야 하고, 업무 시간이 끝나고 남은 시간은 업무 외적인 일로 고민과 근심을 해야 하니까.

고민한다고 지금 당장 풀릴 문제도 아닌데 왜 거기에서 풀려나오지 못하는지… 설령 그렇다고 해도 하루에 삼십 분 정도는 나에게 주는 선물로 써도 될 텐데….
그러고 보면 너는 참 자기 자신에게 관대한 사람이며 자기 관리를 잘하는 사람일 거야.
자기 관리도 능력이라는 말이 있는데, 너를 보면 그 말이 맞다는 것을 알 수 있게 되지.

너를 보면서 한번은 이런 상상을 한 적이 있어.
내가 만약 2년 전으로 돌아갈 수 있다면, 어떤 선택을 할 것인가?
내가 널 다시 만나게 된 게 2년 전 이맘때거든.
그때 난 꽤 많은 것을 잃고 있었단다.
그때 만약 내가 이곳에 없었다면, 나는 적어도 또다시 잃게 되는 것들은 없었을 거야.
그런데 그때 만약 내가 이곳에 없었다면 너를 만나지도 못했겠지.

잃은 것과 너란 친구.
'둘 중 어떤 것이 더 가치가 있을까?' 하고 생각해 보았지.
결론은, 너란 친구를 얻은 것이 나에겐 훨씬 가치가 있는 일이더구나.
왜냐하면, 잃은 것을 다시 복구하려면 족히 수년은 걸리겠지만 너란 사람을 만나고 친구로 얻기까지는 족히 40년이 넘는 세월이 넘게 걸릴 테니까 말이야.

거문고를 타는 백야와 그의 소리를 알아주는 종자기 같은 지기지우知己之友를 만난다는 건, 평생 결코 쉽지는 않은 일이지.

너는 내 속에 있는 소리를 들어주고 알아주는 친구란다.

그런 친구를 만났다는 거, 그것만으로도 난 행운아일 거야.

만약 나에게 또다시 그런 선택이 주어진다면 그때도 난 주저 없이 널 택할 거야.

또한 나도 너에게 너와 같은 친구이길 소원해 본다.

That is 자기애

가끔은 진심을 숨기고 립서비스를 하는 사람이 좋아 보인다.
가끔은 자기를 보호하기 위해 자기합리화를 하는 사람이 좋아 보인다.
가끔은 진실을 숨기고자 정색을 하고 시치미를 떼는 사람이 좋아 보인다.
가끔은 상대의 말을 들어보려 하지 않고 목소리 톤을 높이는 사람이 좋아 보인다.
가끔은 열등감을 어쩌지 못하고 무조건 반대를 하고 보자는 사람이 좋아 보인다.
가끔은 지겨울 정도로 너무 자주하는 자기연민으로 매번 눈물짓는 사람이 좋아 보인다.
가끔은 자기만의 고정관념이 남들에겐 편견일지라도 그 틀을 고수하며 사는 사람이 좋아 보인다.
가끔은 자기의 옹색한 형편을 망각한 채 허세를 떨며 사는 사람이 좋아 보인다.
가끔은 남들의 시선에 아랑곳하지 않고 자아도취에 빠져 사는 사람이 좋아 보인다.
가끔은 언젠가는 드러날 날선 이빨을 숨기고 테레사 흉내를 내며 사는 사람이 좋아 보인다.

가끔은 자기의 얼굴에 묻은 검댕은 못 보면서 남의 얼굴에 묻은 검댕을 비난하는 사람이 좋아 보인다.
가끔은 가식을 뒤집어쓰고 친절을 베푸는 사람이 좋아 보인다.
가끔은 자기 아니면 안 된다는 착각에 빠져 사는 사람이 좋아 보인다.
가끔은 세상이 다 제 것인 양 오만 방자하게 구는 사람이 좋아 보인다.
가끔은 가진 것 하나 없으면서 있는 척, 잘난 척 하는 사람이 좋아 보인다.
가끔은 이성적이 아닌 세속적으로만 사는 사람이 좋아 보인다.
가끔은 밥값을 내지 않기 위해 구두끈을 매는 사람이 좋아 보인다.
가끔은 사람을 사람으로서가 아닌 비즈니스 대상으로 대하는 사람이 좋아 보인다. 그의 가방엔 주판이 있고 그의 머리엔 계산기가 있을지라도.

왜냐하면
이 모든 게 자신의 삶을 놓지 않고 살아가려는 욕망들이기에.

가증스럽다고 욕하진 말자.
이기적이라고 매도하진 말자.
안타깝다고 혀를 차진 말자.
가끔씩은.

좋은 친구가 생기기를 기다리는 것보다
스스로 누군가의 친구가 되었을 때 행복하다.

_버트런드 러셀

[그리고;… 더하기]

Letter Two

지는 것이 두려워 피지 않는 꽃은 없다

• 아파할 줄 아는 네가 있기에 나도 있는 거야 •

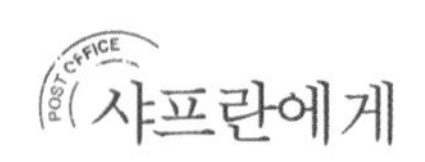

샤프란에게

That is 절도의 미

아침에 구름들이 간간히 아우성을 치더니만 기어이 비를 한바탕 쏟아내고 있구나.

잘 잤니?
나는 잠을 잘 못 자는 사람이야.
꿀잠을 자본 지 어언 십수 년이 넘은 것 같구나.
이쯤 되면 만성 수면 장애 환자라 할 수 있지.
다크서클이 거의 판다곰 수준이야.
만성이 되다 보니 이제는 잠을 자기 위해 애쓰지 않게 되더구나.
습관이 된 거지.
습관이라는 거, 참 무서운 것이기도 해. 그것이 곧 운명으로 직결되는 것이기에.
그렇기에 운명이라는 것도 상당 부분은 자기가 만드는 것 아니겠어?

죽어지면 실컷 잘 잠….
집착은 고통이잖아.
이제는 잠을 자려고 애쓰지도 않아.

그렇게 집착을 내려놨더니 내가 요사이는 잠을 좀 자는 편이란다.
어제는 무려 다섯 시간씩이나 잤어.
숙면을 취하는 것도 엄청난 능력이라잖아.
숙면을 취한다는 건, 모든 걸 놓을 때 가능한 일이거든.
내려놓는다는 것, 집착으로부터의 해방이지.

내 느낌이 맞는다면 너 또한 잠을 잘 못 자는 사람일 거야. 너도 나처럼 예민하거나 생각이 많은 사람일지도 몰라. 하지만 이건 지엽적인 추측일 뿐 너 나름의 이유가 있을지도 모를 일이지.
'내가 너란 사람에 대해 정말 알고 있는 것이 무엇일까?' 하고 생각해봤어.
다른 건 모르겠지만 이건 알 것 같아.
가슴에 박혀버린 세월의 파편들이 이제는 옹이로 변해 제 몸의 일부가 되었을 거라는 거. 옹이로 변했다는 것은 응어리가 굳어졌다는 말이기도 하지만, 좋게 생각하면 가장 튼튼한 그 무엇을 가졌다는 말이기도 해. 생각을 어떻게 하고 마음을 어떻게 먹느냐에 따라 값진 보석이 돌멩이가 될 수도 있고 보물이 될 수도 있는 거잖아. 송진이 굳어져 수많은 세월을 거치면 호박이라는 보석이 되듯 네 안에 찬 응어리도 값진 보석이 되지 않을까?

성장한 소나무는 아래에 가지가 없어.
소나무는 자라면서 아래 가지를 잘라낸대.
스스로 필요 없는 가지를 잘라내면서 좀 더 성숙하고 견고한 거목으로 자신을 만드는 거지.
우리 나이는 이제 그럴 나이인 것 같아.

많은 사람들은 비움을 말하지만, 정작 그런 사람일수록 비우지 못하고 살지. 그건 집착이 부풀어 오르기 때문이기도 하지만 사실은, 우리는 애초에 비울 수가 없었어. 비울 수가 없는 것을 비우려 하니까 더 힘들어지는 거지. 우리는 내려놓을 뿐이야. 소나무처럼….
물 컵에 물을 비운다고 비워진 컵일까? 물을 비우면 공기로 채워지기에 애초에 채워진 컵이었어. 다만 물을 내려놓았을 뿐이지.

아, 이 글을 쓰면서 너에 대해 한 가지 더 알게 된 게 있어.
'저 사람, 남의 아픔을 자기의 아픔으로 받아들일 수 있는 가슴을 가진 사람이구나. 가식이 아니라 진심으로 받아들이는 사람이구나.'
진심과 진심은 통한다잖아.

제목은 기억나지 않지만 몇 년 전에 TV에 가식적인 눈물과 진실한 눈물을 모티브로 한 드라마가 나온 적이 있었어. 내가 죽었을 때 가식적인 사람의 눈에선 검은 눈물이 나오고 진실한 사람 눈에선 맑은 눈물이 나온다는 내용이었지.
아마 너의 눈에서는 맑은 눈물이 나올 거야.

몸이 아프다지?
어제 네가 링거를 맞고 있는 사진을 보며 '비단 너의 모습뿐만이 아니라 어쩌면 지금 우리들의 자화상일지도 모른다'는 생각을 했어. 그렇기에 많은 친구들이 가슴 짠하고 애처로워했는지도 몰라. 동병상련이기에….
고로,
넌 우리들에게 슬픔이라는 빚을 졌어.
다시 말해,

넌 빚꾸러기가 되었다는 소리야.

미안하지?

그러면 그 빚 갚아줘. 하루라도 빨리!

그 빚을 갚을 방법은 딱 한 가지야.

부디 하루라도 빨리 건강해지는 거.

네가 하루라도 빨리 쾌차하기를 멀리서나마 빌게.

원추리꽃에게

That is 기다리는 마음

며칠째 가을비가 내리더니 간만에 나온 햇살이 새삼 반갑구나.
잘 잤니?
어젯밤에 인간관계에 대해 고민하던 네가 마음에 걸리는구나.
어제 말했듯이, 왠지 모를 부담감 때문에 다가서기가 어려운 사람에게는 억지로 다가서려 하지 마. 그 상대가 너에게 잘하든 못하든 일단 네 마음이 편해야 상대에 대한 고마움도 편하게 받을 수 있는 거잖아. 제아무리 좋은 선물이라도 네 마음에서 감사함이 아닌 부담감이 생기면 그건 더 이상 선물이 아닌 빚이 되는 거잖아.

어제 네가 말한 그 친구를 '왜 부담스러워 할까?' 하고 생각해봤어.
아무래도 난 네가 그 친구 자체에 부담감을 느낀다기보다는 그 친구가 네게 했던 비판 때문에 부담감을 느끼는 게 아닌가 하는 생각이 들어.
사람은 칭찬 받기를 바라고 인정 받기를 바라지. 그리고 자신한테 맞춰 주기를 바라지. 이것이 인간이 가지고 있는 기본 본성일 거야.
그런데 여기에만 길들여지면 발전에 마비가 올지도 몰라. 오히려 그 사람을 성장시키는 데 중요한 역할을 하는 것은 비판일 거야. 비록 비판이라는 게 기분 좋을 리는 없지만 내가 모르는 문제점을 고찰할 수 있는 계기는 되잖아.
항상 칭찬 받기만 바라고 항상 인정 받기를 바라면 자신의 문제점을 볼 수 없어. 그리고 항상 나에게 맞춰 주는 사람이 있다면 나는 편안하겠지만, 그 사람은 언젠가는 너를 멀리하게 될 거야. 맞추기만 하고 산다는 건 불편한 삶이니까.
사람을 얻기 위해 중요한 것은 뛰어난 화술이나 끝없는 배려가 아니라, 가치 있는 것을 대하는 나의 자세와 진정성이라고 생각해.

인간관계에서 너를 불편하게 하는 것이 무엇이든, 내가 하고 싶은 말은 이거야. 생각 끝에 나온 결론이 뭐든 너에게 친절하라는 거.
그로 인해 자책을 하거나 자학을 하면 너를 혹사하는 일이 되잖아. 만약 네가 옹졸한 사람이라고 너 자신을 생각한다면, 그 마음에 자괴감을 심지 말고 몰랐던 사실을 알게 된 것만 중시해서 보완하면 되는 거야.

흔한 말로 인간관계에 있어서 이런 식의 말이 있어.
'열 번 잘하다가 한 번 잘못하면 잘한 열 번이 사라진다.'
그런데 정말 사유가 깊은 사람은 한 번 잘못한 것에 대해 의문을 가져.
'왜 그랬을까? 무슨 일이 있었던 걸까?'
인간인 이상 실수는 불가피하잖아. 내 입에 맞는 사람도 드물 뿐더러 완전한 사람은 없잖아.
친구야, 우리는 잘못한 한 번을 기억하는 사람이 아닌 잘한 열 번을 중요하게 생각하는 사람이 되자꾸나. 진정성을 보려는 마음을 키우며 살자꾸나.

헨리 데이비드 소로우의 말을 남기며 이만 총총.

사람들을 감동시키는 것은 그의 재능이 아니다.
사람들을 감동시키는 것은 가치 있는 것에 대한 그의 태도이다.

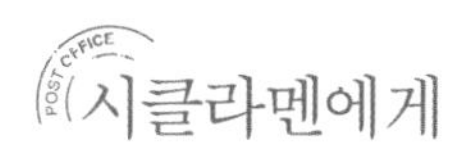

시클라멘에게

That is 성숙

먼저 너의 안부를 묻는다.
잘 지내고 있는 거니?
지난번에 보았을 때는 마음에 깃든 병 때문에 많이 수척해 있었는데, 지금은 회복되었는지 모르겠구나.

인생에는 열정기→ 권태기 → 성숙기 3단계가 있다는구나.
이건 누구나 거쳐야 할 과정이고 누구나 겪는 인생사이기도 해.
어떤 것에 열정이 생기면 영원히 갈 거 같지만 언젠가는 시들해지지.
열정이 끝까지 갈 수 없는 게 당연하듯이 권태기도 마찬가지야. 절대로 권태기도 영원할 수는 없어.
의외로 많은 사람들은 이 권태기가 영원히 지속될 것 같다는 생각 때문에 성숙기에 이르지 못하고 우울기로 빠져들어. 그런데 이 우울기도 영원할 수는 없어. 영원할 것만 같다는 그 관념이 사람들로 하여금 극단적인 방법을 쓰게 하는 거란다. 이걸 알아차리면 성숙기는 권태기를 지혜롭게 넘길 때 온다는 것을 알게 돼.

나는 친구가 우울기에 빠져드는 사람이 아닌
성숙기로 이르는 사람이길 바란다.

초롱꽃에게

• 감사 •

TO.

오늘은 봄볕을 머금은 바람이 살랑살랑 춤을 추는 날이구나.
콧등을 간질이는 바람 자락이 몽환 속에서 춤을 추는 무희의 옷자락 같다.
잘 지내니?

난 너만 생각하면 괜스레 미안해져. 벌써 삼십 년도 더 된 이야기구나.
너도 알다시피 어렸을 때 나란 꼬마는 참 허약한 아이였잖아. 그래서 짓궂은 친구들에게 단골로 괴롭힘도 당하고, 그로 인해 우는 일이 참 많았단다. 그런 괴롭힘은 초등학교 6학년까지 계속 되었었어.
이성이 아닌 본능이 앞서는 시기였으니 잘잘못을 논할 필요는 없는 나이이긴 했어. 그 나이에만 허락되고 용서되는 일, 가치관이 형성되기 전의 짓궂은 장난은 유년시절 때만 할 수 있는 또 하나의 놀이라고 난 생각해. 그렇기에 추억이라고 말할 수 있는 거고.
여하튼, 그 시절 나는 눈에 눈물이 마를 날 없이 보내고 있었단다.
그런 곡절을 보내고 있을 때 즈음, 서울에서 살던 네가 전학을 왔어. 깡마른 체구에 눈만 큰 아이였지.
삼십 년이 지난 지금에서야 알게 된 것이지만, 그 당시에 넌 아버지의 갑작스런 죽음과 어머니의 사업 실패로 부유했던 가정이 풍비박산이 나서 할머니가 계시는 이곳으로 더부살이를 온 거였어. 더부살이의 처지가 그렇듯 어린 나이에 넌 그댁 식구들에게 눈치 아닌 눈치를 받으면서도 학교를 다녔었지. 한겨울 쩍쩍 갈라지는 얼음물에 손을 담가야 하는 손빨래는 생존을 위한 몸부림이었음이 짐작돼. 그런 내막을 모르는 우리들은 널 그저 부모님 없는 아이로만 생각했었어.
그런 오명 때문이었을까?

너 또한 친구들한테 괴롭힘을 받던 아이였지. 그러나 너는 절대로 굴복하는 아이는 아니었단다. 그 가느다란 몸에서 어떻게 그런 강단이 나왔는지 모르겠어.
그러던 어느 날이었지.
어떤 친구가 날 괴롭히는 것을 보고 여자아이인 네가 날 두둔했다가 화살이 너한테로 날아갔단다. 넌 물러서지 않았어. 그 싸움은 네가 코피가 터진 후에야 끝났지. 그런 너를 보면서도 나는 말리지 못했어. 그때의 난 참 겁이 많은 아이였으며 비겁한 아이였지.
그게 늘 미안했었단다. 그래서 언제고 기회가 오면 고맙고 미안했다고 말하고 싶었어. 그런데 너의 얼굴을 볼 때마다 차마 그 말이 나오지 않더구나. 용기가 없었던 거지. 차일피일 미루다 보니 중학교를 졸업하게 되었고, 졸업을 하고 난 후 넌, 어디론가 홀연히 사라지더구나.

지금에서 말하지만, 나 나름대로 너의 소식을 듣기 위해 여러모로 수소문도 해 봤었단다. 그러던 중 풍문으로 너의 소식을 간간히 듣게 되었지. 대부분 안 좋은 소식이었어. 지금에서야 알게 된 것이지만 너에 대한 말은 물음표가 마침표로 변한 것이었어. 누군가의 철없는 시기심이 곡마단에서 재주를 부린 것과 같은 하나의 해프닝이었지.
그런데 말이야,
시기심과 비방이 과하면 때론 살인이 된다는 것을 우린 곧잘 망각하면서 살아. 오늘도 누군가는 이것으로 인해 죽어갈지도 모르지. 세 치 혀에서 내뿜는 광선은 방사선보다 더한 파장을 가지고 있어서 한 번에 여러 명을 관통할 수 있잖아. 사람에게 가장 강력한 살상 무기는 아마도 세 치 혀일 거야. 그렇기에 늘 단속해야 하고 조심해야 하는 것 또한 이것이 아닐까?

참 오랜 세월이 흘렀다. 그치?
그 세월을 보낸 후에야 이렇게 다시 만나게 되었구나.
만나야 할 사람은 언젠가는 꼭 만나게 된다는 말이 괜한 말이 아니었음을 느껴.
지금은 어여쁜 딸들과 그리고 건실한 남편과 함께 단란하게 살고 있는 너.

친구야, 나 이제 그때 못한 말을 하려 해.
"친구야, 그때는 미안했어. 그리고 고마웠어."

POST OFFICE

버들강아지에게

That is 친절

그간 잘 있었니?
비거스렁이 뒤에 쌩긋한 싱그러움을 기다렸는데 기대와는 달리 날이 끄물끄물하네.
비라도 내릴 거 같은 날인데… 하늘 맘이니 두고 봐야겠다.
나는 비 오는 날도 좋지만 그친 후에 오는 싱그러움도 참 좋아해.
마치 여치색을 통새미로 만나는 거 같거든.
갓 태어난 색, 맑은 색.
'이런 색을 지닌 사람이 친구 중에 누가 있을까?' 하고 생각해 보았어.
의외로 많은 친구들이 떠오르더구나.
특히 너의 얼굴이 선명한 무지개처럼 피어올랐어.

시골에서 태어난 사람치고 넌 유난히 맑고 하얀 얼굴을 가지고 있었어.
그리고 언제나 웃는 얼굴이었지. 마치 이른 아침 먼 산에 빠끔히 고개를 내미는 해님 같다고 할까? 나는 너의 웃음을 참 좋아했어. 수줍은 듯 가식 없는 해맑은 웃음.
웃을 때마다 눈이 초승달 모양이 되면서 안 보였지만, 그래서 더 좋았는지 몰라. 가식 없는 웃음은 눈도 절로 작아지게 하며 웃게 만들거든.

넌 달리기도 참 잘하던 친구였지.
비록 단거리에선 다른 친구한테 밀려 만년 2인자였지만, 넌 항상 웃었어.
주연이 빛나는 건 훌륭한 조연이 있어서이듯 일등이 빛나는 건 이등이 있어서가 아니겠어?
그런 네가 있었기에 장거리에서 언제나 일등을 하는 너에게 더 큰 박수가 보내졌는지 몰라.
그때 그 시절 넌, 정말 멋진 학생이었어.
그런 네가 있었기에 지금의 네가 있는 것 아닐까?
너는 여전히 멋진 친구니까.

That is 깨끗한 마음

비가 참 세차게도 온다.
지붕에서 수천 마리의 말이 달리는 말발굽 소리가 들리는구나.

너를 이간질하고 다녔다는 친구와의 일은 잘 해결됐니?
배신에 대한 상처가 많이 깊어 보이더구나.
근데 복수하겠다는 일념으로 사는 요즘 너를 보면 좀 안쓰럽다는 생각도 들어.
비단 이런 너의 모습은 나뿐만이 아니라 주위 사람들도 느낄 것 같구나.
그렇다고 해서 너의 행위가 잘못되었다고는 감히 말할 수가 없어.
왜냐하면 난 그와 같은 상황 속에 놓인 네가 아니기 때문이야.
다만 염려는 된단다.

너는 사람을 너무 잘 믿는 오픈 마인드를 지녔어. 아낌없이 주는 사람이지. 고마움도 잘 아는 사람이기도 해.
믿음은 잘못된 것이 아니야. 하지만 너는 네가 말하는 믿음으로 인해 사람들에게 많은 상처를 받아왔잖아. 지금도 그렇고.
수년간 내가 지켜본 바로는 그래.

‘언젠가 만약, 내가 너에게 서운함을 주는 일이 생긴다면 나에게서도 상처를 받을지 모르겠구나’ 하는 기우도 솔직히 생긴단다.
혹 네가 상대에게 준 만큼 받으려는 마음 때문에 너 자신에게 스스로 상처를 주고 있는 것은 아닐까?
그렇다는 전제하에 말할게.
너도 잘 알겠지만, 나와 같은 사람은 없어. 비슷할 뿐이지.
다름을 인정하고 사는 것이 오히려 현명한 삶이 아닐까?

내가 진정 걱정하는 건,
이번 일로 하여금 네가 가지고 있는 사람에 대한 본래의 숭고한 믿음이 불신으로 고착될까봐 그게 좀 걱정스러워. 불신이 쌓일수록 사람은 폐쇄적이고 파괴적으로 바뀔 수도 있잖아.
친한 친구에게서 배신 같은 적대감을 느꼈으니 그 심정이 오죽할까마는 그럴수록 해를 입는 것은 본인 자신이 아닐까? 자기 자신에게 미안한 짓은 아닐까?
그런 불신과 미워하는 마음이 깃들면 쉽게 없어지지가 않아.
그리고 그것이 허송세월을 만들고….
단 한 번뿐인 인생인데 그런 감정노동으로 세월을 보내기에는 너무 아깝잖아.

친구야,
어쩌면 너에게 배신에 대한 상처뿐만이 아니라 자기 자신에 대한 한심한 분노도 있을 거야. 본인 스스로 사람을 잘못 보았다는 자책감도 있을 거야.
그런데 설령, 아낌없이 준 네 친구가 지금 너를 배신했다고 해도, 처음에 본 그 사람은 네가 친구로 여길 만큼 근사한 사람임에는 맞아. 다만 지금의 그가 변했을 뿐이야. 너 또한 변하듯이.

그리고 이건 조심스러운 말이지만,
네가 네 주위 분들을 생각하는 건 고마운 일이나
아무리 값진 보석일지라도 상대가 원하지 않는 것은 그냥 돌멩이일 뿐이잖아.
그 고마움을 모른다면 지금처럼 분노도 생길 거야. 그래서 속에 있는 것도 분출하게 되는 거고. 속을 토해내는 것이 나쁘다는 게 아니라 그로 인해서 잃는 것들도 많잖아. 사람도 잃고, 돈도 잃고, 명예도 잃게 되잖아.
정작 가까운 사람들도 떠나가게 될지도 몰라.

너는 그런 것까지 이해해주는 사람을 원하지만 어차피 인연이라는 게,
남아있을 사람은 남아있고 떠날 사람은 아무리 막아도 떠나잖아.
그럴진대, 자기가 자기를 깎는 짓을 하는 것은 어리석은 짓 아닐까?
속에 억눌려 있는 분통을 얼마든지 다른 식으로 풀 수도 있잖아.
오히려 배신을 복수로 갚는 것보다 그 시간과 감정을 다른 곳에 쏟는 것이 정신건강에 더 좋지 않을까?

너는 원래 현명한 사람이니
무엇이 너에게 득이 되고
옳은 일인지 잘 알 거야.
나는 널 믿어.

너에게 편지를 쓰는 동안 장대비가 멈췄구나.
수천 마리의 말들이 다 지나갔나 보다.
먼지로 뒤덮인 장독들이 말끔해졌다.
하늘도 언제 그랬냐는 듯 맑다.
맑게 갠 오늘처럼 너의 마음에 짙게 깔려 있는
먹장구름도 걷히길 바랄게.
기분 풀고 오늘도 파이팅 하자꾸나.

먼지로 뒤덮인 장독들이 말끔해졌다.
하늘도 언제 그랬냐는 듯 맑다.
맑게 갠 오늘처럼

너의 마음에 짙게 깔려 있는
먹장구름도 걷히길 바랄게.

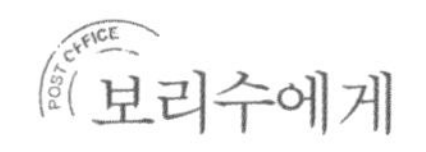

That is 해탈

먹장구름이 겹겹이 쌓여 하늘을 낮게 한 걸 보면 비가 한참을 올 모양이야.

다른 사람이 내 맘을 몰라준다고, 내 마음과 같지 않다고 속상하니?
자신과 똑같은 사람이 태어날 확률은 300조 분의 1이라더군. 거의 불가능한 일이겠지.
그 자체만으로도 나란 존재는 하나이기에 누구도 능가할 수 없는 독창성을 가지고 있는 거야.
우리는 부모님이 물려준 염색체 46개로 결정지어지고 또한 염색체 하나에 유전자가 수십 수백 개가 들어있는데 유전자 하나만으로도 인생이 달라지는 것만 봐도 인간의 능력은 대단하다 할 수 있을 거야.
각자 타고난 독창성. 내가 가지고 있는 독창성이 만약 노래라면 운동을 못한다고 해서 자책하거나 비관할 필요는 없어.
한계를 만났다는 것은 나를 알게 된 것이고, 한 단계 성장할 기회를 만난 것이기도 해. 긍정을 할 때 그 사람은 이미 성장한 거야.

나는 갓난쟁이 때 한 번 죽었다 살아났다고 해도 과언이 아닌 사람이야.
가난도 가난이려니와 어머니에게 거동도 못할 만큼의 병환이 찾아들어

태어나자마자 일주일을 굶었거든. 나에게 그런 악제가 끼려고 했는지 내가 태어날 때는 어머니 외에 가족들은 아무도 없었다는구나. 그 때문에 영양실조로 허약한 사람이 되었어. 난 숟가락도 못 쥐던 사람이었지. 그런 사람이 밥을 먹기 위해서 숟가락을 쥐었고, 서지도 못했던 사람이 밥을 먹기 위해 서고 걸었지. 그러면서 갈퀴처럼 펴지지 않았던 손이 점점 펴졌고, 숟가락을 잡고 펜을 들고 글씨를 쓰게 되었어. 서지도 못했던 내가 걷게 되었고 뛰게 되었으며 자전거를 타게 되었지.
남들이 한 번 하면 될 것을 난 열 번을 했어야 했고 수백 번을 했어야 했단다.
그러면서 알게 된 것이 있어.
한 번 죽었다 다시 살아난 이유는 이 세상에 살아서 해야 할 임무가 있기 때문이라는 거. 여벌로 사는 인생, 그것을 위해 살아야겠지.

마찬가지로 네가 이 세상에 존재하는 이유는 너에게 이 세상에 해야 할 임무가 있기 때문일 거야.
그것만 생각해.
축구를 잘한다고 해서 수영을 잘할 수는 없어. 수영을 못한다고 해서 비관할 필요는 없어. 축구를 잘하는 사람이 수영을 못한다고 비관하는 것은 어리석기 때문이야. 욕심이 때로는 사람을 어리석게도 만들어.

친구는 거기에 자신을 내맡기지 않기를.
그리고 누구나 인생에는 자기 역할이 있다는 것을 알기를, 그것을 찾기를.

That is 평화

계절은 가을이건만 여전히 낮 시간은 무덥구먼.
그럼에도 불구하고 과일과 곡식은 지체 없이 농익어가기에 가을이 왔음을 체감한다.

얼마 전에 나는 어떤 분으로부터 좋은 글을 써달라는 메시지와 함께 집필 후원금을 받았단다. 창작을 하는 사람들에겐 흔하지는 않지만 가끔 있는 일이기도 해. 그런데 그 이후 후원금을 미끼로 나를 자기의 입맛에 맞게 휘두르려 했지.
자본주의 사회에선 신의 권능을 부여받은 것이 돈이라는 사실을 그는 너무도 당연하게 생각하고 있었더구나. 돈이 주는 위력에 대해선 굳이 말하지 않아도 잘 알 거야.
그는 나에게 너무도 버거운 일을 요구했었단다. 그가 하는 행사에는 꼭 참석해주길 바랐고, 그가 하는 사회 참여에도 동참해주길 바랐지. 나는 내가 할 역할도 아니고 몫도 아니었기에 사양을 하는 편이었고 그런 나의 행동이 그의 미움을 사게 만들었다.
나의 완강한 태도가 그의 심기를 건드렸던지 나에게 후원금을 돌려달라는 통보를 해왔었다. 그것도 이행 날짜를 박은 최후의 통첩이었다.

어이도 없을 뿐더러 난감한 일이었다.
돌려주면 그만인 일이었지만 나는 그때나 지금이나 여유 있게 사는 사람이 아니었다. 남들에겐 소액이 나에겐 목돈이 되는 경우가 종종 벌어진다. 그런 사정으로 난 그의 뜻을 들어주지 못했지. 그러자 그는 급기야 날 사기죄로 고소하겠다고 엄포를 놓더구나.
어렵사리 구해서 돌려주었다.
고소가 겁이 나서가 아니라, 인간의 악랄하고 치졸함에 치가 떨려서 돌려준 거야.
이번에 겪은 인간에 대한 통과의례는 나에게 많은 것을 남겨 놓았다.
어쩌면 그것이 내가 치러야 할 인간에 대한 마지막 통과의례일지도 모른다.
그는 뒤늦게 나에게 잘못했음을 고백했지만, 그때 이미 나는 그가 묶어 놓은 끈을 풀어서 돌려준 후였고, 내 감정은 무던함이 남았을 때였단다.
나는 그에게 내가 할 수 있는 것을 다 했고, 그가 나에게 주었던 악행이라고 쓰고 선행이라고 읽어야 하는 것도 다 돌려주었기에 마음은 평화롭다.
그는 나를 잃었지만 나는 잃은 게 없다.
시간과 그간의 관심은 원래 내가 그에게 줄 몫이었음에 난 줄 것을 줬을 뿐이다.
그의 행위가 괘씸해서라기보다는 내가 그에게 줄 것을 다 주었기에 시선을 거두는 것이다. 이제부터는 그의 삶은 그의 판단과 몫으로 치러야 하겠지.
그가 앞으로 어떤 인생을 살아갈지에 대해서 더는 내가 관여할 문제가 아니지.
누가 누구를 가르치고 누가 누구의 인생을 대신 살 수가 있겠는가.

다만 할 수 있다면 때론 거울이 되어주고 나침반이 되어주는 것이 사람의 도리가 아닌가 싶으이. 이 마음이 커서 입때까지 난 도리라고 쓰고 오지랖이라고 읽어줘야 했단다. 그 오지랖이 과해 어쩌면 이런 일을 만들었을지도 모른다.

어찌되었건, 나는 그 일로 극한 스트레스를 받아야만 했고 그로 인해 심장 어레스트와 유체이탈을 경험하면서 다시금 화초와 잡초를 생각했지.
화초의 근성이 사람이 작위적으로 키워야 할 품성이라면,
잡초는 다스리지 않는 한 돋아나는 사람의 당연한 심리인 것이다.
여기에서 화초가 고마움의 비유라면, 잡초는 미움, 증오, 고마움을 모르고 내가 한 것만 기억하는 것 등을 비유해서 쓰는 말이지.
고마움은 지속적으로 화초를 키우듯 물을 주는 등의 관심을 가져야 잊지 않는 것이고 미움은 일부러 관심을 기울이지 않아도 생겨나는 감정이 아니던가.
나 역시도 그러한데 상대에게 무엇을 바랄 것이며, 무엇이 억울하여 배은망덕하다고 어찌 말할 수 있겠는가.
그렇기에 스스로 인정認定하는 것이 필요한 것이고, 그것이 곧 인정人情인게지.

다만 이번 일을 겪으면서 새삼 알게 된 것은,
'얻어먹더라도 훌륭한 사람이 흘린 것을 주워 먹어야 한다' 는 것이었다.

금잔화에게

That is 박애

비가 온다.
해갈의 비라기보다는 하필 추수 적기에 내리는 훼방비가 아닐까 싶다.
이 비의 끄트머리를 지나 거스렁이 뒤엔 을씨년스러움이 찾아오지 않을까?
순탄하게 세월이 흘러가면 좋으련만 인생이나 세월이나 그다지 녹록치 않다.
그렇기에 사람의 인생을 두고 '고해'라 하고 그 위에 떠 있는 '일엽편주'라 하지 않던가.
이상과 욕망이 서로 맞부딪혀 생기는 게 갈등이다.
둘 사이를 조율하는 건 타협이고 발원은 바라는 마음에서 오는 것이겠지.
이것을 욕심이라 할 것이고.

오늘은 개뿔 가진 것도 없는 이 촌부가 오만방자한 이야기를 할까 한다.
자기 관리도 제대로 못하고 사는 주제에 웬 오만함의 극치겠냐마는,
'얻어먹고 살더라도 이왕이면 훌륭한 사람이 흘린 것을 주워 먹어야 한다'는 인생 지론을 가지고 살기에 지조와 신념은 지키고 싶다.

저렴한 사람이 명품을 두른다 하여 그 사람이 명품이 되는 것이 아니다. 양아치가 입다가 준 명품을 입어보면 신기하게도 나도 양아치가 된다. 왜냐하면 참 묘하게도 그 사람의 기운과 정서와 내외적 인식이 나에게 미치기 때문이다.
반면, 목회자가 입은 사제복을 입어보면 머쓱해지기도 하겠지만 온화함과 자애스러움도 생긴다.

외모지상주의가 우위를 점하게 되면서 루키즘이 만연되어 있는 듯하다. 낭중지추가 아닐 바에는 외부가 주는 영향도 간과해서는 안 될 터, 외부의 인식이 나에게 닿으면 나에게 변화가 생기는 건 당연한 일일 게다.

사설이 길었다.
한마디로 요약하면, 나라가 양아치화 되어감에 나 또한 양아치가 되어간다는 말이다. 내 의지와는 상관없이 시나브로 나 또한 양아치로 변화하는 것을 느끼는 요즘이다. 그런데 사실 과거의 양아치는 오늘날 미화원이아니던가? 과거 양아치들의 품행을 논하기 전에 분명한 것은 오늘날의 미화원들은 우리 삶에 없어서는 안 될 존재들이며 없어져서는 안 될 존재들이라는 것이다.
그래도 과거의 양아치들은 최소한 고물들을 치워 재활용에 활용하는 데 국가 차원의 자급자족에 일익을 담당했다. 그러나 오늘날 양아치들은 고물들은 치우지 않고 못된 것만 전승해 도둑질이나 하고 있고 합법적인 사기를 국민들을 상대로 서슴없이 자행하고 있으니 이 얼마나 개탄할 노릇인가.

이쯤에서 우리가 알아야 할 역사 한 페이지가 있다.

전 세계에서 우리나라만큼 학생운동이 많이 일어난 나라도 없었다는 것.
그리고 그들의 대다수가 이 나라를 짊어지고 이끌어 나가고 있다는 것.
학생운동에 참가해보지 않은 의원나리들이나 사회지도층들이 과연 얼마나 될까?
그들이 부르짖었던 것이 무엇이었는지 아시는가?
그것이 바로 '정의'였고 '혁명'이었다.
그래서 혁명을 이루었는가?
그들은 혁명을 이루지 못했다.
왜냐하면…

이것에 대한 답은 함석헌 선생의 말로 대신한다.
"그것은 혁명가들이 혁명되지 않았기 때문이다."

POST OFFICE

계란꽃 님에게

That is 화해

바야흐로 윤 샘이 좋아하는 개망초의 시기가 왔네요.
여기저기 흐드러지게 핀 개망초를 볼 때마다 돌아가신 아버님 생각이 간절하시죠?
하긴 제일 처음 윤 샘에게 꽃다발을 준 남자가 아버님이니 왜 아니겠어요.
소 꼴을 베러 가실 때마다 어린 윤 샘을 목말 태우고 가서 개망초로 만든 꽃다발을 만들어 주셨다죠? 윤 샘 아버님을 한 번도 뵌 적은 없지만 참 로맨티스트였던 것 같아요.

개망초보다 우리에게 정겨운 이름은 아마 계란꽃일 겁니다.
어쩌다가 계란꽃이 개망초가 되었는지… 좀 억울한 꽃이기도 하다는 생각이 드네요.
식물 중엔 유난히 이름 앞에 '개'자가 붙은 것이 많아요.
개복숭아, 개살구, 개오동나무 등등.
식물 앞에 '개'라는 수식어를 붙이는 건, 원래 있는 식물을 닮았다거나 그 식물보다 못할 때 붙인다고 해요.
망초라는 식물도 있어요.
계란꽃과 닮긴 닮았는데 원체 작아서 눈에 보일락 말락 한 꽃이에요. 이

망초를 망국초라고 부르기도 해요. 개항 이후 이 식물이 들어오면서 나라가 망했다고 해서 이름을 그렇게 지었다는군요.
그런데 아무리 생각해봐도 계란꽃이 이 망초 때문에 덩달아 누명을 쓴 것 같아요. 망초는 개항 이후 들어온 식물이라지만 우리가 아는 계란꽃은 그 이전부터 자생했던 식물일 거란 생각이 들거든요. 냉이나 씀바귀나 질경이나 명아주와 같이 오래전부터 우리와 함께 살아온 토종 식물.
그리고 계란꽃이 억울하겠다 싶은 이유 중에 또 다른 이유는, 수식어로 이름 앞에 '개'자가 붙은 식물보다는 더 우월한 크기를 지니고 있거든요. 개살구가 살구보다 큰가요? 개복숭아는 어떻고요? 다 작은데 오직 개망초만이 망초보다 크거든요. 그러니 어찌 안 억울할 수가 있겠어요?
그런데 그거 아세요?
개망초의 꽃말이 '화해'라는 거?
아마도 개망초 꽃말이 화해인 것은, 누구에겐가 누명과 같은 억울한 일을 당해도 인내하면서 화해로 용해시켰기 때문이 아니었을까요?
그렇기에 계란꽃이 다른 식물에 비해 척박한 곳에서도 잘 자라는지도 모르겠어요. 화해가 필요한 곳이기에.

그러고 보니 계란꽃이 윤 샘과 많이 닮았네요.
윤 샘이 있는 자리엔 언제나 용서와 화해가 있으니까요.
어려운 조건이 다가왔을 때 의연하고 굳건하게 잘 견디고 헤쳐 나가는 것도 윤 샘에게 화해의 능력이 있어서 그런 것 같습니다.
참 계란꽃의 씨앗은 참새들의 먹이가 된다고 해요.
이 또한 윤 샘과 닮았네요.
윤 샘도 계란꽃처럼 궁핍한 사람들에게 아낌없이 나눠주는 사람이니까요.
계란꽃을 좋아하고 닮은 윤 샘.

내년엔 윤 샘이 돌보는 아이들이 계란꽃 한 다발을 꺾어다드릴 터이니 앞으로도 쭈욱 그 자리에 그렇게 변함없는 모습으로 있어주시길 바랍니다.

아마도 개망초 꽃말이 화해인 것은,
누구에겐가 누명과 같은 억울한 일을 당해도 인내하면서
화해로 용해시켰기 때문이 아니었을까요?

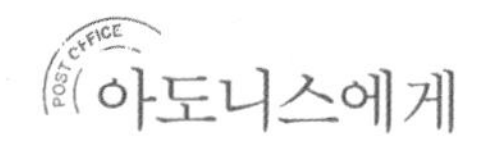

아도니스에게

That is 영구한 행복

방금 전까지 통화를 했는데 끊은 지금까지 네 목소리가 쟁쟁하게 울린다. 생과 사가 갈릴지 모르는 암 수술을 코앞에 두고도 아무렇지도 않게 말하는 너를 보면서, 내가 네 입장이라면 나는 과연 의연할 수 있을까? 강한 척이라도 할 수 있을까? 나는 과연 평소처럼 생활할 수 있을까? 하는 질문을 해보았다.

나라면, 아직까지 못다 한 일들이 있기에 세상을 야속해하며 어쩌면 수술을 받는 그날까지 가슴을 쥐어짜는 심정으로 지냈을지 모른다.

수술이 잘못될 수도 있다지?

물론 나와 같은 나약한 마음은 아니겠지만, 넌들 아직 젊다면 젊은 나이인데 왜 겁이 안 나고, 왜 억울하지 않을 것이며 왜 걱정이 안 되겠는가.

이래저래 걸리는 일도 많을 거고, 하고 싶은 일도 많은 나이인데….

딸내미 시집도 보내야 하고, 너 없이 쓸쓸히 늙어갈 남편도 걸릴 테고….

얼마 전에 갑자기 고향으로 내려와서 그랬지?

고향 투어를 하고 싶다고.

비록 목소리는 경쾌하게 내고 있지만 끝자락에는 처연함이 묻어있었다.

향수에 젖어있는 너의 눈에 이슬이 맺히고 있음이 보였다.

그리고 잘못되지 않기를 바라는 간절함이 묻어나왔다.

그래, 너에겐 아무 일도 벌어지지 않을 것이다.
그 간절함이 있는 한 네 몸속에서 염치없이 더부살이를 하고 있는 암도 널 어쩌지 못할 것이다. 왜냐하면 네가 잘못되면 그놈도 죽어야 하니까.
그러므로 너에겐 아무 일도 벌어지지 않을 거야.

십여 년 전에 우리 아버님은 간암 선고를 받으셨단다.
길어야 6개월밖에 못 산다는 소견을 받으셨지.
영상 판독상에는 간암 세포가 마치 모래를 뿌려놓은 것처럼 간 전체에 흩뿌려져 있었단다. 어떻게 손을 쓸 방법이 없는 상태였지.
가족들은 절망을 했었단다.
그런데 아버님 본인은 아무렇지도 않으신 양 평소처럼 낙천적으로 사셨지.
그 이후 6개월이 지나고 난 뒤 재검을 받았는데, 놀랍게도 간암 세포들이 말끔히 사라졌더구나. 기적과 같은 일이 벌어진 거지. 비단 이런 일은 아버님한테만 벌어진 건 아닐 거야.
이런 사례는 얼마든지 있지. 그런데 그들의 공통점이 있어. 삶을 긍정적으로 보고 낙천적으로 살았다는 거.
아버님의 암세포가 사라진 것도 여러 가지의 원인이 있겠지만, 무엇보다 본인의 낙천적이고 긍정적인 의지가 중추적인 역할을 했던 것이라고 본다.

어차피 한 번 사는 인생,
남들에게 못된 짓 안 하고 좋은 마음으로 즐거운 나를 위해 사는 것이,

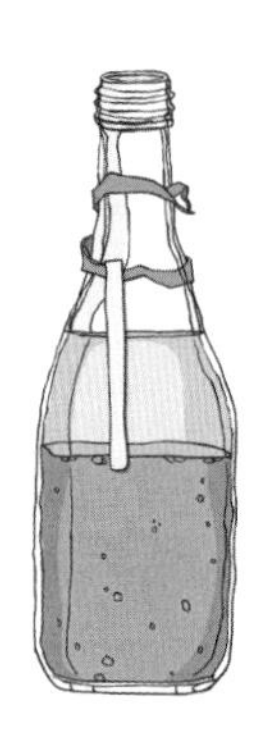

말 그대로 좋은 삶이 아니겠니.
이왕이면 남은 인생 즐기면서 그렇게 살자꾸나. 내가 즐거워야 남도 즐겁게 해주지 않겠는가.
그리 살면 몸에 깃든 병마도 너를 어쩌지는 못할 것이다.

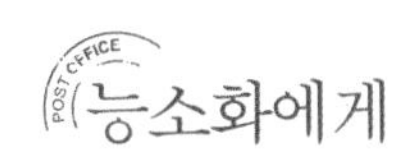

능소화에게

That is 그리움

근심이나 고민하며 살기엔 미안할 정도로 맑은 날이구나.
고민과 생각.

생각과 고민의 경계와 차이점이 무엇일까?
삶에 대한 고민?
삶에 대한 생각?
분명한 것은 고민은 걱정과 인생에 대한 관조를 내포하고 있다는 것이고
생각은 인생에 대한 고찰의 의미가 더욱 가미된 관념이라는 거지.

어떤 누군가가 생각과 고민에 대해 명료한 대답을 내놨더구나.
'고민은 제자리걸음이고 생각은 앞으로 나가는 것'이라고.
생각이 살아 있는 깨달음이니 결코 틀린 말은 아니지.
그렇다면 생각이 많은 나는 분명 앞서 나가는 사람일 게다.
그러나 난 제자리지.
그러한즉 나는 지금까지 생각을 했던 것보다 고민을 하며 살았던 것이다.

고민과 근심의 차이점은 무엇일까?

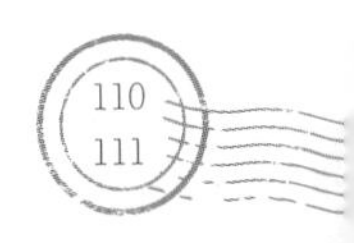

그건 구태여 말을 하지 않아도 아는 것이고,
명확한 차이점은 고민은 진전을 위한 제자리걸음에서 하는 워밍업이지만, 근심은 후퇴라는 것이지.
근심이 바로, 보이지 않는 독약이지. 내가 나를 죽이는 독소.
내 몸에는 이 독소가 너무도 많이 차 있다.

이제 이 독소를 빼려고 한다.
긍정은 부정할 수 있는 능력에서 오는 것이지.
있는 사실은 있는 그대로 받아들이는 것도 긍정이고(인정이 긍정)
어쩔 수 없는 사실을 부정할 수 있는 것 또한 긍정이고
부정을 부정하는 것 또한 긍정이지.

POST OFFICE

해바라기에게

That is 승배

아침에 해바라기 밭을 갔다 왔어.
저 꽃들은 서로 다투지 않고도 어우러져 잘 살아가고 있건만 사람은 그렇지 않으니….

네 주위에 열 명의 사람이 있다면,
그중 두 사람 정도는 너를 시기하거나 비판하거나 비난을 하는 사람일지도 몰라.
그중 두 사람은 너에게 더없이 좋은 사람일지 모르며, 그리고 나머지는 이도 저도 아닌 사람들일지도 모르지.
너는 어느 부류에 주목하고 집중하며 살고 싶니?

많은 사람들은 웬만하면 모든 부류의 사람들을 포용하고 만족시키고 싶어 해.

그러나 그건 매우 버거운 일이지. 성경에도 서로 사랑하며 살라고 했지 모두를 사랑하라는 말이 없는 것을 보면, 그건 전지전능한 하느님도 못하는 일이 아니었을까?
신도 못하는 일을 어떻게 인간인 우리가 할 수 있겠어?
그러므로 그런 일에 시간과 감정을 낭비할 필요는 없을 거야.
우리에게 남은 인생은 이제, 좋은 것만 보고, 좋은 말만 하고, 좋은 사람만 만나면서 살아가기에도 빠듯한 시간이 남았을 뿐이잖아.

혹 주위에 너를 비난하는 사람이 있거든 애먼 감정노동은 하지 마.
비난하는 사람들은 타인을 비난함으로써 자기가 대단한 사람이라는 느낌을 갖고 싶어 하기 때문에 비난을 하는 거야. 달리 말해, 유치한 만족감을 느끼기 위함이니 그런 사람에게는 분노보다는 차라리 측은지심을 가지는 것이 정신 건강에 좋을 거야.
쇼펜하우어가 말하기를
'천박한 사람들은 훌륭한 사람들의 결점과 실수에서 엄청난 즐거움을 느낀다'고 했어.
그는 이어 이런 말도 남겼지.

'소심한 사람은 아주 사소한 비판에 대해서도 흥분하고 화를 내지만, 현명한 사람은 그로부터 어떤 교훈을 얻는 법이다'라고.
적어도 우리는 사소한 비판에 흥분하는 그런 사람은 되지 말자.

지난밤에 너와 비슷한,
대인 관계에서 오는 불편함 때문에 고통을 겪고 있다는 어느 지인분이 전화를 해오셨어.
비단 그분만의 문제는 아닌 듯하여 이 글을 쓰게 되었어.

덧붙여, 근심을 줄일 수 있는 가장 좋은 방법은, 누군가에게 자기 고민을 털어놓는 거야. 걱정거리를 혼자 품고 있으면 심각한 신경적 긴장을 불러온다고 해. 그의 고민에 귀기울여주고 공감해줄 사람이 이 세상에 있다는 것을 알려주는 것만으로도 그 사람에겐 카타르시스가 된다고 하더군. 이것을 감정의 정화작용이라고 한다지?

혼자 끌어안고 살려고 하지 마.
우리가 비록 저 해바라기 꽃무리처럼 살 수는 없어도,
적어도 서로의 말에 귀기울여줄 수 있는 사이는 될 수 있지 않을까?
나도 너에게 그런 친구이고 싶구나.

루드베키아에게

That is 영원한 행복

파랑새가 집으로 날아들었다.
파랑새는 요즘 보기 힘든 새다.
나는 이 새를 태어나서 처음 봤어.
도망가지를 않더구나.
파랑새는 행복과 행운을 의미한다지?
모리스 마테를링크가 쓴 아동극 파랑새에서 파랑새를 찾아 떠나는 틸틸과 마틸이 우리들에게 시사하는 바는 크다. 극에서는 행복은 멀리 있는 것이 아니라 가까이 있는 거라고 말하고 있다.

길조니만큼 기분은 나쁘지 않았어.
가까이 보니 파랑색이 경이롭기까지 하더구나.
마치 호수에 내려앉은 윤슬과 같았다.
그런데 자세히 보니 뭔가 불편해 보이더구나.
인기척을 느낄 만큼 근접해 있는데도 경계를 하지 않았다.
그래서 알게 된 건, 이 녀석이 어딘가 불편하다는 거였어.
어디가 아픈 건지 명확히 알 수가 없었다.
짐작컨대 농약 같은 극약을 먹은 것 같더구나.

조심스럽게 이놈을 집 안으로 데리고 들어왔다.
겁을 먹어선지 몇 번 퍼덕이더니, 그마저 힘에 부친 듯 파리하게 널브러지더구나.

물로 부리를 축여주었다.
하지만 파랑새는 간헐적 옅은 숨만 쉴 뿐 점점 시들어지더군.
그러곤 심지 다한 촛불처럼 점점 꺼져갔다.
그리고 이내 아무런 미동 없이 잠이 들더구나.

파랑새는 죽을 때 깃털의 윤기 또한 거두어가는 것 같다.
경이롭기까지 했던 깃털이 녹음 빠진 나뭇잎 같더구나.
이는 아마 사람이 죽으면 총기를 잃듯, 그것과 마찬가지 이치일 게다.

비가 추적추적 내린다.
잠깐 동안의 만남이었지만 가슴이 짠한 건 천 년의 세월이다.
난 그저 평생 한 번 보는 것만으로도 만족할 것이고 영광이라고 생각하며 살 텐데….
어이하여 우리 집에 찾아와설랑 내 손으로 묻게 만들꼬….

끄물거리는 날도 날이려니와 우리 집에 찾아든 새가 죽어나가는 것을 접하니 마음이 스산하고 씁쓸해진다.
기분을 날리려고 고개를 흔들어 보지만 좀체 털어지지 않는구나.
괜히 껄껄껄 웃어도 보았다.
억지웃음을 지어도 우리 뇌는 웃는 것으로 인식한다지? 이처럼 사람은 남도 속이지만 내가 나도 속일 수 있다.

스산하고 우울한 기분을 없애기 위해 생각을 바꾸려 한다.
파랑새는 죽었으되 행복은 늘 우리 곁에 있다.
그걸 찾지 못하면 불행해질 수밖에 없다.

행복은 찾아들기를 바라는 것이 아니라 내가 찾는 것이다.

틸틸과 마틸 남매가 키우던 새장 속 비둘기가 달아난 것처럼
행복이라는 건, 멀리서 찾을 때 행복은 더 멀어지며 도망간다.

이것이 파랑새가 내게 남기고 간 전언은 아니었을까?

오늘도 너에게 행복이 깃들길 바란다.

틸틸과 마틸 남매가 키우던 새장 속 비둘기가 달아난 것처럼
행복이라는 건, 멀리서 찾을 때
행복은 더 멀어지며 도망간다.

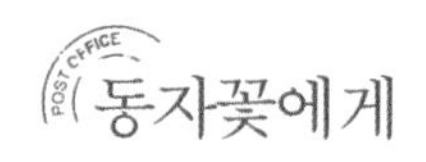

동자꽃에게

That is 진정성

밤새 내린 눈이 자는 사이에 온 천지를 은빛 눈꽃 세상으로 만들어 놨구나. 가을 낙엽을 모두 떨군 나무들을 볼 때마다 을씨년스러움에 안타까웠는데 오늘은 따뜻한 솜이불을 덮고 있는 것 같아 푸근한 마음이 스민다.

네가 고향으로 내려온 지 일 년이 다 되어 가지?
나는 네가 도시생활을 청산하고 고향으로 삼십 년 만에 내려와 식당을 할 거라는 소식을 듣고 의아해했단다.
내 기억 속에 저장된 오래전 너의 이미지를 꺼내보면, 남의 비위를 맞춰야 하는 식당 같은 서비스업과는 잘 매치가 안 되었거든.

내 머릿속에 기억되어 있는 너의 어렸을 때 모습을 한 마디로 표현하면, 땡삐(땅벌)였단다. 체구는 비록 작지만 아이들이 너에게 악동짓이라도 할라치면 암팡지게 톡톡 쏘는 땡삐와 같았지.
그리고 또 하나의 모습은, 참 눈물이 많은 아이였단다. 난 네가 우는 모습은 많이 봤어도 웃는 모습은 거의 못 본 거 같다. 작다는 이유로 남자애들이 악동짓을 많이도 해서 너의 큰 눈에는 눈물이 마를 날이 없었다. 참 개구진 아이들었다. 그치?

그때는 그것이 악행이었다기보다는 철부지들의 하나의 장난이었기에 훗날 이렇게 추억담으로 말할 수 있는 거겠지.

암튼, 너에 대한 내 이미지는 저랬어. 그런 울보이고 땅벌 같은 아이가 식당을 한다니 의아해할 수밖에.
식당일이라는 게, 시쳇말로 간이고 쓸개고 다 빼놓고 해야 하는 장사잖아. 너의 옛날 성격으론 안 맞는 업종이었지. 그런데 이런 염려가 괜한 기우였음을 너는 보여줬다. 세월이 흐른 만큼 너는 이미 성장해 있었고 성격 또한 고즈넉하게 변했더구나.
선입견이란 이래서 헛된 것에 불과한 망상일 게다.
편견이 쌓여 만들어진 고정관념은 이래서 위험한 관념일 게다.

맛나식당!
식당 이름처럼 너의 식당의 음식은 맛있다.
식당을 연 지 일 년이 채 안 되었음에도 불구하고 손님이 점점 늘어나는 걸 보면 빠른 기간 자리를 잡았다고 볼 수 있다. 이렇게 되기까지 너의 숨은 노력이 있었음을 안다.
손님이 혹시라도 음식을 남기고 가면, 너는 그 음식을 직접 맛보고 무엇이 문제인지 연구하여 보완된 음식을 식단에 내놓는다지?
손님들이 너의 식당을 호평하는 건, 안 보이는 데서의 너의 그런 장인정신이 한몫했을 거야. 또한 항상 웃는 얼굴과 손님을 내 집 식구처럼 대하는 진정성도 한몫했을 거야.
음식도 사람과 마찬가지로 진정성이 와 닿아야 호감이 생기잖아. 호감이 생겨야 젓가락이 음식에 한 번이라도 더 가게 되고 식당도 한 번 더 찾아오게 되는 거잖아.

앞으로도 너의 그런 자세 잃지 않길 바라마.

오래전엔 쏘일까봐 참 다가서기 불편했던 아이였는데
지금은 마음 편안한 친구가 되었다.
이처럼 내일 일은 모르듯, 사람의 일과 관계도 앞으로 어찌될지 모르는 것이지.
그렇기에 인생을 두고 함부로 단정 지으면 안 되는 것일 거야.

네가 사람을 대하는 자세와 삶을 대하는 자세에서 많은 것을 보고 배운다.
네가 만든 음식 처럼! 맛나식당이라는 가게 이름 처럼!
앞으로도 그렇게 맛있게 인생을 살아 보자꾸나.

맛나식당!

식당 이름 처럼 너의 식당의 음식은 맛있다.

POST OFFICE

세잎 클로버에게

That is 행복

밤새 울부짖던 바람이 멈췄나 보다.
세상이 이처럼 고요할 수가!
절간에 매달린 풍경소리라도 들려오면 더할 나위 없이 평화스러운 날이겠다.
평화를 다른 말로 한다면 뭐가 있을까?
화목이나 행복이 아닐까?

사람들이 가끔 나에게 물어.
행복하냐고.
인생의 최종 목표는 행복이듯, 모든 이들은 행복하기 위해 오늘을 살고 있을 거야.
그렇다면 어떤 삶이 행복한 삶일까?
각자 원하는 삶이 있기에 행복의 기준도 다를 거야.
근데 결론은 하나야.
마음의 고요함 속에서 자기가 하고 싶은 일을 할 때 행복해하잖아.
그렇다면 친구와 나는 행복한 삶에 근접해서 살고 있는 사람일 거야.
우린 우리가 원하는 삶을 살아가고 있는 중이니까.

이런 맥락으로 보건대 제수씨가 원하는 행복한 삶도 이런 것이 아닐까?
본인이 원하는 삶, 하고 싶은 일을 하면서 사는 것.
갑자기 그런 생각이 들었어.
어쩌면 제수씨는 '지금 이대로의 삶 자체가 본인에게는 행복한 삶이 아닐까?' 하는 생각.

모든 사람은 자신의 잣대로 사물을 보고 판단하잖아.
친구는 원하는 꿈을 위해 스스로 공부하고 노력하여 기어이 그 꿈을 거머쥔 사람이지.
그렇기에 지금의 위치에서 더 많은 것을 보고 보다 나은 삶이 어떤 것인지 아는 사람이기도 해.
그래서일까?
친구의 입장에서 보면 분명 제수씨의 삶보다 더 좋은 삶이 있는데 그런 삶을 살려고 시도도 안 해 보고 마치 기계화된 사람처럼 지금에 안주하는 부인의 모습이 안타깝게 느껴질지도 몰라. 보다 나은 세상을 보여주고 싶은 마음도 있을 테고. 또 한편으로는 친구의 인생 행보에 동반자로서 같은 보폭으로 같이 가줬음 하는 바람도 있을 테고. 그러나 내 맘과 같은 사람은 없지. 그렇기에 사람 사는 세상에서는 양보와 희생이 필요 불가결한 요소일 거야.
솔직하게 현 상황을 객관적인 입장에서 말하는 건데, 친구가 지금 제수씨에게 하는 언행은 친구에게 수준을 맞추라 양보와 희생을 강요하는 행위로 보여.

너무 조급해하지 마.
우보천리牛步千里의 마음으로 천천히 가.

사람은 환경적 동물이기도 하지만 지금의 생활이 다년간 몸에 익힌 습관인데 하루아침에 바뀐다는 건 어려운 일이잖아. 어느 정도의 시간이 걸릴 테지만, 친구가 그런 분위기를 조성해 가면 제수씨 또한 친구의 뜻에 따라 변할 거야.

친구는 이 모든 것을 전화위복으로, 또한 긍정적인 역할로 바꿀 수 있는 사람이기도 하잖아.

그 마음으로 부디 부인과 원만한 관계로 거듭나길 바라.

for you

[그리고;⋯ 더하기]

Letter Three

날개를 가진 새는 가지가 부러질 것을 두려워하지 않는다

• 슬픔을 아는 널, 난 사랑해 •

POST OFFICE

에델바이스에게

That is 인내

날이 무척 덥구나.

피서는 잘 즐기고 있니?

나는 친구가 피서를 잘 즐기길 진심으로 바라.

사람들한테 받았던 모멸감을 거기까지 싸안고 간다는 건 참 손해보는 일이잖아?

나는 친구가 오늘을 다시 원할 수 있게 오늘을 살길 빌어.

피서철이 되면 조용했던 이 동네도 왁자지껄 인산인해를 이루지. 공기 좋은 산과 보기만 해도 시원한 계곡이 있어서야.

때가 때라서 그런가?

요새 피서철을 이용하여 온 지인들 때문에 내 주변도 제법 북적이고 시끌벅적하단다.

그러다 보니 탈도 생기는구나. 사람이 많이 모이게 되면 잦은 문제가 생기기 마련이잖아.

무슨 소리냐고?

의도치 않게 내가 아이들의 장래 문제로 지인들 사이에 구설수에 올랐어. 나도 친구와 같은 일을 겪은 거지. 이를 두고 동병상련이라고 하던가?

어찌됐든, 인생을 좀 더 먼저 산 지인들 중 일부가 내 아이들의 장래 문제에 대해서 나를 나무라더구나(나는 아이들을 학원에 안 보내고 그냥 자유롭게 풀어놓는 편이거든).
이 또한 관심이고 근심이겠지만 지나친 관심은 오히려 실례가 되는데 그걸 모른다는 것이 안타까워. 그분들이 보기엔 내가 부실한 사람이니 왜 걱정이 안 되겠어? 그 마음은 이해하나 운명은 스스로 만들어가는 것이기도 하기에 미래에 대해선 함부로 말하면 안 되는 것이지. 한 치 앞도 못 보는 게 사람일인데, 그 사람에 대해 함부로 말하는 것은 경솔한 짓이 아닐까 해.

아비의 못남은 나 스스로 자각하고 반성하면 될 터.
아이들의 교육방식에 대해서 남들의 충고는 숙고해보되, 지금 별 무리 없이 커가고 있고 후회해본 적이 없다면 남들의 잣대에 휘둘릴 이유가 없다는 게 내 결론이야.

남들이 떠주는 밥은 누구나 받아먹을 줄 알아. 허나 밥상은 아무나 차리질 못하잖아.
나는 내 아이들이 밥상을 차릴 수 있는 사람이 되어주길 바라며 자기 인생을 스스로 개척하길 바라. 그래서 내 경제적인 무능력 때문에 아이들에게까지 부채감을 줘서는 안 된다는 게 내 마음가짐이지.
언제 어떻게 될지 모르는 게 사람이며, 미래에 대해 확실히 알 수 있는 것은, 죽는다는 사실 단 한 가지뿐이잖아. 그러한즉, 사람의 미래에 대해 함부로 단언하는 것은 무례한 경솔함이 아닐까?

난 남들이 말하는 부실한 사람이 아니라 부족한 사람일 뿐이야. 그런데 부족한 사람이 비단 나뿐일까? 그 어떤 사람도 모든 걸 다 가지고 있지는 않잖아. 의미 부여를 어떻게 하느냐의 차이인 것이지.
해보고 싶은 거 다 해보게 하는 게 부모의 마음이겠지만 그것만이 능사는 아니라는 것이 내 지론이야. 해보고 싶어 하는 걸 스스로 찾아 할 수 있게 조력자 역할을 하는 것이 부모의 참 도리가 아닐까? 유대인들은 절대로 아이가 넘어지면 일으켜 세우지 않으며, 아이에게 고기를 잡는 법을 알려줄 뿐 고기를 잡아주지는 않는다고 해.

요 며칠 내가 뜻한 바 없는 모멸감으로 마음이 상하고, 나를 이용적 수단으로 생각하는 사람들로 하여금 내가 가지고 있는 신념이 다소 흔들렸지만 그로 인해 내 영혼까지 내준다면 나란 사람은 이 세상에 없는 존재나 다름없는 존재일 거야. 난 내 아이들을 믿고 내 신념을 믿어.

그들이 날 지나치게 과소평가한 것은 내가 그렇게 보였기 때문일 수도 있겠지만, 어쩌면 그들의 가치와 마인드의 크기가 그 정도밖에 안 되었기 때문이 아니었을까?
친구가 겪은 일도 마찬가지라고 난 생각해.
그러니 너무 상심은 하지 마.
일 년 동안 성실히 일했고, 그로 인해 받은 휴가인데 애먼 데 감정낭비를 하면 이래저래 손해잖아.

모처럼 만에 갖게 된 휴가, 잘 보내고 오길 진심으로 바랄게.

일 년 동안 성실히 일했고, 모처럼 만에 갖게 된 휴가,

잘 보내고 오길 진심으로 바랄게.

레몬트리에게

That is 성실한 사랑

잘 잤니?
내가 이렇게 너희 부부의 안부를 묻게 될지는 몰랐어. 한 치 앞도 모르는 게 사람일이라더니 이렇게 안부를 물을 사이가 될지 누가 알았을까? 지금은 아니지만, 오래전 나에게 있어 너희 부부는 경외심으로 바라봐야 할 사람들 1호였어. 비록 동창이지만, 삶을 대하는 너희들의 태도가 진지하다 못해 참 치열해서 괜한 농담도 미안하게 느껴졌거든.

젊다는 것 하나만 믿고
가진 것이라곤 맨몸 하나로 시작했던 너희들.
돌이켜 보면 참 치열하게 살았다, 그치?
한참 신혼의 단꿈에 젖어 있을 나이에 곤궁한 살림을 일으키기 위해 몸 아끼지 않고 많은 일을 했었지. 그렇게 모은 돈으로 너휜 개인 사업을 시작했어. 개인 사업을 하면서 서서히 생활의 안정이 찾아왔을 거야.
자수성가라는 말은 너희에게 쓰라고 있는 말일 거야.
배경 좋고 빽 좋은 사람들에겐 절대로 어울릴 수 없는 말.
지금이 있기까지 지난날 성실함과 고단한 삶이 무엇보다 중요한 자양분이 되었을 것 같구나.

후라이드 반! 양념 반!
치킨집을 연 지도 한 팔 년쯤 되었지?

얼마 전에 우연히 너희들 손을 봤단다.
손 언저리에 기름에 덴 자국들이 있더구나.
영광의 상처라고 그 자국을 대변하기엔 너무도 가난한 위로인 것 같아 그만둘게.
그러나 이다음에 안락의자에 기대어 인생을 돌아볼 나이가 되면 인생이 너희 부부에게 주는 훈장이 되어있으리라 여겨.

주간보다는 야간이 바쁜 장사라 매일 피곤할 텐데도 언제나 한결같은 넉넉한 웃음으로 친구들을 맞이해 주고 늦은 밤 찾아가서 배고프다고 투정이라도 부리는 날엔, 귀찮을 법한데도 없는 반찬이라도 만들어 내어줄 만큼 아낌없이 주던 너희 부부. 너희 부부가 만들어 주던 고추장 비빔밥과 김치 비빔국수는 지금까지 내가 먹어본 음식 중에서 단연 최고였다고 말해주고 싶구나.

참, 듣자 하니 집을 떠나와 타지인 이곳에서 학교를 다니는 아이들에게 기꺼이 부모가 되어주고 있다며? 아무리 사회가 각박하게 흘러도 너희 부부 같은 사람들이 있기에 세상은 돌아가고, 우주에서 보는 지구별의 아름다움은 천년만년 빛을 잃지 않고 존속할 거라는 믿음이 생긴다.

너희에게 편지를 쓰고 있는 동안 TV에서 변진섭의 '청바지가 잘 어울리는 여자'로 시작되는 노래가 흘러나오는구나.
너희 부부의 트레이드 마크는 청바지였지. 너희는 청바지를 참 즐겨 입는 사람들이며 청바지가 잘 어울리는 사람들이기도 해. 그런 모습을 보면서 난 정말 너희 부부가 청바지 마니아라고만 생각했어. 근데 이제는 '꼭 그래서만은 아니었구나' 하는 생각이 들어. 어쩌면 보다 나은 삶을 위해 오래 입을 수 있는 청바지를 고집했던 것은 아니었을까? 너희에게 쓸 것은 가족을 위해 썼고 사람들에게 베풀며 살기 위해 근검절약을 했던 것은 아니었을까? 그런 상징성이 청바지에 담겨 있는 건 아니었나 싶구나.

너희 부부 참 대단하고 성실한 부부야, 진실 된 부부고.

그런 너희 부부에게 보낼 거라곤 박수밖에 없구나.

그동안 고생 많았다.

그리고 여기까지 잘 왔다, 부부 친구야.

젊다는 것 하나만 믿고
가진 것이라곤 맨몸 하나로 시작했던 너희들.

돌이켜보면 참 치열하게 살았다.
그치?

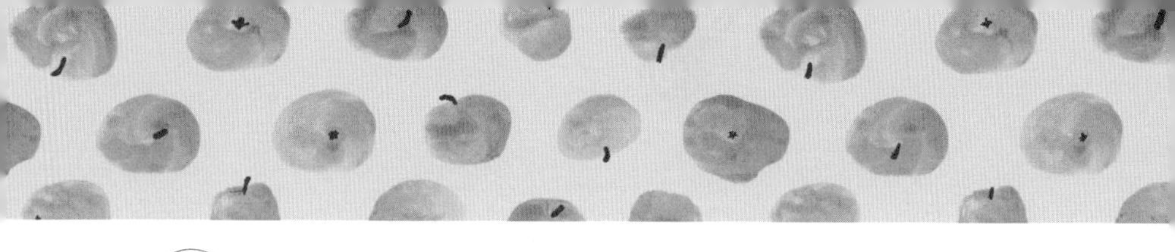

토마토 님에게

That is 완성된 미

그간 잘 계셨는지요?
건강은 좀 어떠신지….
올해는 장마가 오지 않으려는 듯합니다.
막상 장맛비가 내리면 걱정이지만
매년 오던 게 안 오니 불안한 마음도 스밉니다.
장맛비가 오는 건 다 그럴 만한 이유가 있어서가 아니겠습니까.
인간의 몸에도 변화가 올 때 성장통 같은 통증이 있듯,
천재지변이 사람들에겐 두려움이지만 지구 나름대로 균형을 맞추기 위한 현상이 아닐까 하는 생각을 해봅니다.

올해는 예전에 비해 불볕더위가 기승입니다.
저 같은 경우에는 피부에서 먼저 반응을 합니다.
햇빛 알레르기가 있어서 온도가 상승할수록 알레르기도 한층 더해집니다.
이것도 지구가 현재 몸살을 앓고 있다는 하나의 증상으로 보입니다.
왜냐하면 오존층이 파괴되면서 예전에 비해 피부질환을 앓고 있는 사람들이 많아졌거든요.
제가 클 때만 해도 자외선 차단제를 바르지 않아도 아무 거리낌 없이 집 밖을 나갔는데 요새는 자외선 차단제가 생필품이 되었습니다.

햇빛이라도 조금 쬐인 날이면 가려움증 때문에 여간 곤욕을 치르는 게 아닙니다.
그럴 때마다 이런 생각으로 위로를 합니다. 몇 년 전에 목 디스크 때문에 고생할 때보다는 이편이 훨씬 나은 삶이 아니겠는가. 적어도 하룻밤이 지나면 가려움증과 발진이 수그러지니까.

참, 얼마 전에 우연한 자리에서 동창생을 만났습니다.
학창시절 항상 조용하게 다녔던 학생이어서 학내에선 그다지 존재감이 없던 아이였습니다. 가정 형편도 그다지 좋지 않아서 집안일을 하느라 학교도 잘 못 나오던 친구였습니다. 오랜만에 보았는데 예전의 그 모습이 생각나서 참 안쓰럽게 보았습니다.
그런데 그 친구가 놀랍게도 중소기업 대표가 되어 있었고, 어느 정도 사회적 지위를 가지고 있더군요.
참 멋진 사람으로 변해버린 친구.
그렇기에 사람 일 언제 어떻게 될지 알 수 없는 거고 속단하면 안 되는 것이 아니겠습니까. 선입견이라는 거, 그 사람의 정보를 알게 되면 변하는 것이기에 참 헛된 것이지요.

오늘도 꽤 더운 날이군요.
아무쪼록 건강에 유의하시길 바랍니다.

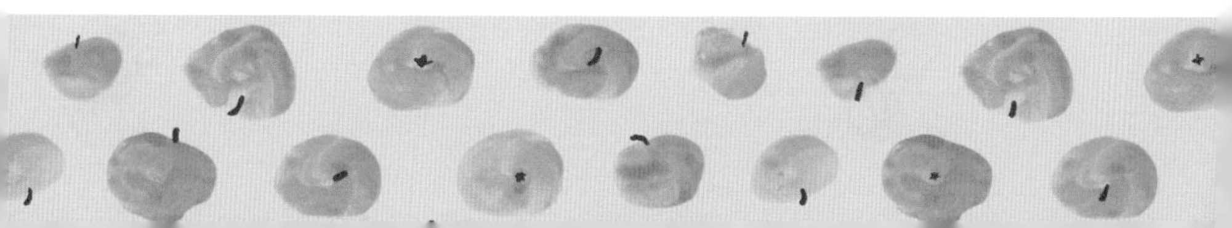

꽃잔디에게

That is 온화

잘 지내지?
요 근래 네 소식과 모습이 좀체 보이질 않더구나.
무슨 일이라도 생긴 거니? 만약 생긴 거라면 부디 좋은 일이길 바란다.
그게 아니고 혹여 안 좋은 일이 생긴 거라면 마음이 좋지만은 않을 것 같구나.
다시 보게 된 지 20년이 훌쩍 넘었건만 고향 친구라서 그런지 그새 남다른 정이 들었나 보다.

헤어숍을 한다지?
그러고 보니 유년시절 때 너는 그 방면으로 소질이 있었던 것 같아.
언제나 단발머리를 하고 다녔던 너의 모습이 떠오르는구나.
너의 머리는 바람에 나부끼는 버드나무 가지처럼 엉키지 않고 찰랑였어. 굳이 매직이나 염색을 안 해도 연한 갈색에 늘 윤기도 흘렀지.

너를 생각하면 너희 동네에 살았던 친구 한 명이 떠오른단다.
또래의 아이들보다 의젓했고 그만큼 늘 약한 아이들을 보호해주었던 듬직한 병희.

그런데 그런 친구를 이제는 볼 수가 없게 되었구나.
병희를 생각하면 난 아직도 가슴이 먹먹해진단다.
1996년 강릉무장공비침투사건 때 순국한 이병희 중사.
한때 우리와 같이 뛰어놀던 친구였지.
나도 나지만 같은 동네에서 살던 그 친구의 비보가 누구보다도 너에겐 더 아프게 다가왔을 것 같구나.
그 심정 나도 안단다.
나도 유일한 소꿉친구를 저세상으로 먼저 보냈거든.
어쩌면 이 두 친구도 우리들처럼 저세상에서 우리 이야기를 하고 있을지 몰라.
이 이야기를 하고 있으니 유년시절 때 이 친구들과 놀던 기억이 떠오른다.
비록 가난은 했지만 철부지라서 참 행복했었어, 그때는.
자기 스스로에게 주는 선물이 추억이라더니 그 말이 맞는 것 같다.
옛날 기억을 떠올리고 있는 지금 다시 그때로 돌아간 것처럼 이렇게 행복한 걸 보면 말이야. 친구가 좋은 건 예전 그 시절로 돌아가게 만들기 때문은 아닐까?
나이가 먹어갈수록 추억을 먹고 산다고 했던가?
앞으로 우리가 또 얼마나 만나면서 살게 될는지는 모르지만 그동안 서로에게 멋진 추억이 될 수 있도록 지내자꾸나.

내내 건강하길 바랄게.

데이지에게

That is 천진난만함

이제야 꼬마 아가씨의 물음에 대한 답변을 하게 되었구나.
아저씨가 조금 바빴단다. 미안.
작가와의 인터뷰가 겨울방학 과제물이라지?
훌륭한 작가들이 많은데 왜 하필 아저씨 같은 무명 작가를 택했을까?
그 이유에 대해선 다음에 듣기로 하자.

먼저, 어떤 계기로 그동안 소설을 써오다가 어린이 인성을 위한《살며 사랑하며 배우며》라는 책을 쓰게 되었느냐고 물었지?
오래전부터 아이들을 위해 글을 쓰고 싶었단다.
아이들을 가리켜 미래의 희망이라고 하지.
이 수식은 아마 인류가 사라지지 않는 한 영원불멸의 사실이 될 거야.
어린 새싹이 튼실해야 튼실한 열매를 만들 확률이 높듯, 그런 너희들에게 어른들이 할 수 있는 건 물질의 유무를 떠나 윤택하고 풍요로운 생활의 제공이고, 튼실한 몸과 그와 못지않게 건강한 정신을 남겨주는 것 또한 어른들의 몫이란다.
그래서 쓰게 된 거야.

두 번째 질문은 '글을 쓸 때 주로 어디에서 글감을 얻느냐'는 거였지?
아저씨는 쓰고 싶은 것들이 너무 많아. 눈에 보이는 모든 것, 상상 속에 보이는 모든 것이 글감들이란다. 아저씨는 상상을 많이 해.
사람에게 상상력이 없으면 날개가 없는 새와 같단다.
상상이 곧 창의력의 원천이고 창조의 시작이거든.
어떤 사물 하나에도 그 사물을 있는 그대로 보기보다는 약간씩 변형을 시키면 의외로 우리가 못 보던 것이 보여.
꼬마 아가씨는 글 쓰는 작가가 되는 것이 꿈이라고?
글은 탐구자적인 자세로 써야 해. 글이라는 건 말보다 무서운 것이라서 탐구자적인 자세로 통찰도 해야 하고 신중해야 하는 것이지.
중국 잠언에 보면 '말로 지는 원한은 백 년이 가고 글로 지는 원한은 천 년이 간다'는 말이 있단다. 그 사람이 죽으면 말도 사라지지만, 글이라는 건 내가 죽어도 활자로 되어 남잖아.
글 한 줄에 사람의 인생이 바뀔 수도 있단다. 인생을 살면서 사람들에게 밀접하게 영향을 미치는 것 중에 하나가 글이기도 해. 그렇기에 글이라는 건 함부로 써서는 안 되는 거란다. 어떤 누군가는 그 글로 인해 희망을 갖기도 하지만, 어떤 누군가는 죽을 수도 있으니까.

세 번째, 언제부터 작가라는 꿈을 가지게 되었냐고? 또 글을 왜 쓰게 되었냐고?
학창시절 아저씨는 존재감이 없는 학생이었어. 그러다 보니 주위의 관심에서 벗어나 혼자 있는 시간이 많았어. 혼자 있을 때면 아저씨는 상상을 많이 했어. 상상 속에서는 무엇이든 다 할 수 있잖아. 또 아저씨는 이야기를 만드는 것을 좋아했어. 그래서 소설가가 된 거란다.
그리고 또 다른 이유는 아저씨는 허약한 사람이라 사람들이 겉모습만 보고 무시하고 멸시하고 그랬어. 그런 대접을 받을 때마다 슬펐단다. 나를 어루만져주고 슬픔을 위로해주는 것이 글이었어. 그래서 글을 쓰기 시작했단다. 실제의 처지에서는 그들을 나무랄 수가 없었지만 글에서는 그들을 나무랄 수가 있었어. 그러던 중에 나만의 글이 아닌 사람들이 보는 글을 써야겠다는 생각이 들더구나. 모멸감을 받을 때마다 속으로 다짐을 했었어.

'선입견이라는 것이 얼마나 헛되고 비열한 견해인지 알려줘야겠다.'

그 수단으로는 글만한 것이 없었어. 작가의 기본 의무는 사람들에게 정의를 말하고 바른 길을 알려줘야 하는 것이거든. 그런데 작가가 된 후에 아저씨가 더 부끄러운 짓을 많이 해. 작가로서의 기본 자세로 돌아가려면 작가 본인부터 바른 삶을 살아야 하는데 그게 참 쉽지가 않구나.

자숙하고 노력하며 살아야겠지.

네 번째, 내 책으로 인해 세상이 어떻게 변했으면 좋겠냐고? 너무 거창한 질문이라 내가 어찌 대답을 해야 할지 모르겠구나.

그럼에도 불구하고 질문이니 만큼 대답은 해야겠지?

세상을 바로 볼 수 있는 눈을 가졌으면 해.

자연의 순리에 순응할 수 있는 마음을 지녔으면 해.

오늘날 사회는, 인간으로서 아름다움을 고무시키고 전승하려는 미풍양속도 점점 사라져 가고 욕심 때문에 많은 것들이 훼손되었어. 그 욕심을 조금씩만 덜고 살면 참 좋은 세상이 될 텐데 말이야.

인생을 깊게 사유하고 남들에게 피해를 주지 않는 사람이 곧 잘 사는 삶이라는 것을 알게 되었으면 좋겠어.

요새 역사 왜곡이란 말이 많이 나돌고 있는데

'진실이 침묵하면 거짓이 온 동네를 휘젓고 다닌다'라는 말이 있어.

진실에 침묵하지 않는 세상이 되었으면 좋겠어.

다섯 번째, 작가로서의 삶이 힘들 때는 언제냐고?
사람들이 자신의 욕심 때문에 남을 상처 입히고 자기 자신은 물론 남까지 죽일 때 내 미약한 힘으로 어쩌지 못할 때….
예를 들자면, 2014년 세월호 사고를 보면서 가슴이 참 아팠단다.
그 사고는 인간의 욕심으로 하여금 꽃피우지도 못한 많은 학생들의 인명을 앗아간 사고였지. 그렇게 만든 원흉들과 방관한 사람들을 글의 힘을 빌려서라도 흠씬 질타해주고 싶었는데 진실을 말해야 하는 작가로서 그러질 못했어. 고작 할 수 있는 일은 추모하는 글을 작은 커뮤니티 공간에 올리는 것과 애도하는 일뿐이었지. 그러나 작은 모기 소리도 수천수만이 한데 뭉치면 우렛소리가 나듯, 미약한 힘이나마 보태면 언젠가는 진실 규명이 되리라 믿어.

여섯 번째, 글을 쓸 때 무엇을 가장 중요하게 생각하느냐고 물었지?
사람들에게 그 어떤 교훈이나 감흥을 줄 수 있는지 없는지를 중요하게 생각해.
아무런 감동과 감흥과 깨달음이 없는 책은 책이 아니라고 보거든. 책 한 권이 만들어지기까지 많은 나무가 사라지는데, 적어도 그렇게 사라지는 나무의 값어치는 해야 하지 않을까?

마지막 질문은 '사람들이 내가 쓴 글을 어떤 생각을 하며 읽었으면 하는가'였지?
조금이라도 감동을 얻고, 몰랐던 것에 대한 깨우침을 내 책을 통해서 얻었으면 좋겠어. 얼마 전에 출간된 《요즘 괜찮니? "괜찮아"》라는 책도 그런 마음으로 쓴 거란다. 그 책에선 사람을 갉아먹는 녹에 대해서 말했어.
쇠에만 녹이 있는 것이 아니란다. 사람들에게도 녹이 있어.
마음에 있는 녹, 인생 속에서 기생하는 녹.
녹은 쇠에 기생해서 쇠를 부패시키는 균이잖아.
그런데 이 녹은 녹을 먹고 점점 힘이 세져.
사람들에게도 이런 녹이 있단다.
불평, 불만, 시기, 조급증 등 부정적인 감정들이 바로 사람에게 있는 녹이야.
이 책은 사람의 마음을 괴롭히는 녹을 없애고 좀 더 긍정적인 사고와 행복한 삶이 무엇인지에 대해 조금이라도 도움을 주고 싶어 쓴 책이란다.
아저씨 마음은 이러하지만 읽는 사람에게는 어떻게 전달되었는지 모르겠구나. 그건 읽는 사람들의 몫이잖아.

이런저런 이야기를 하다 보니 어느새 꼬마 아가씨와의 인터뷰가 끝났네?
인터뷰를 다 마치고 나니 따뜻한 차 한잔이 절실해지는구나.
도움이 되었는지 모르겠다.
조금이라도 도움이 되었으면 좋겠구나.
내일은 기온이 더 내려간다는구나.
감기 걸리지 말고 건강한 모습으로 다음에 또 보자꾸나.

이 책은 사람의 마음을 괴롭히는 녹을 없애고
좀 더 긍정적인 사고와 행복한 삶이 무엇인지에 대해
조금이라도 도움을 주고 싶어 쓴 책이란다.

베고니아에게

That is 친절

오늘은 꽤 많은 비가 내릴 것 같구나.
하늘이 멍든 것처럼 먹장구름이 가득해.
오늘 같은 날은 부침개에 막걸리 한 사발을 마셔줘야 하는데… 별로 당기지가 않는구나. 그보다도 잔잔한 음악에 따뜻한 차 한잔이 더 필요한 날이다.

어젯밤에 한으로 굳어진 너의 말을 들으면서 만감이 교차했단다.
역지사지, 배신, 한, 억눌림, 봇물, 고립, 두려움, 자기비애, 원망 등….
미안한 소리지만, 나에겐 너의 저 말들이 공감이 안 되는 허공에 부유하는 단어들이었어.
너의 마음은 이해해.
하지만 이해한다는 말이 꼭 동의한다는 말은 아니잖아.
너의 마음과 같지 않아서 미안하구나.
너의 마음과 말들이 나에겐 조금 안타깝게 다가왔단다.

너는 참 선한 사람이야.
남들에게 모지락스럽게도 못하며 싫은 소리도 못하는 사람이지.

그런 너에게 오히려 사람들은 널 우습게 보고 함부로 대하니 왜 속이 상하지 않겠니? 그러니 너에게도 자괴감과 함께 타인을 향한 환멸이 생기는 것이겠지.
지금 당장은 주위 사람들에게 실망이 클 거야.
그러나 그건 시간이 지나면서 사그라질 한시적인 증오가 아닐까 해.
지금은 괴롭겠지만 그것이 결코 자신에게 득이 되지 않는 다는 것을 너 또한 잘 알잖아.
먹기 싫은 반찬은 안 먹으면 그만이듯 보기 싫은 사람도 같이 살지 않는 한 안 보면 그만 아닐까? 물론 그럼에도 불구하고 불가피하게 봐야 할 사람이라면 내 감정은 내가 감내해야 하고 아껴야 하겠지. 그 사람이 죽는 것보다는 내 감정을 감내하는 것이 더 낫지 않을까?
냉정하게 말하면 고마움을 모르는 사람은 제일 불쌍한 사람이란다. 그런 생각 안 해봤어? '오죽하면 고마움을 모르고 살까?' 이런 생각을 하면 오히려 불쌍하다는 생각이 들잖아. 남들이 다 가지고 있는 마음을 안 가지고 사는 것이니까. 차라리 고마움을 모르는 사람은 이렇게 생각하고 사는 것이 자신에겐 더 이로운 것일 거야.

나는 네 이야기를 들으면서 이런 생각이 들었어.
'주려고 하는 마음이 생기면 받으려는 마음을 거둬야 하고, 받으려는 마음이 생기면 주려는 마음을 거둬야 한다.'
왜냐하면 이러나저러나 마음 상하는 것은 자기 자신이니까.

사람은 누구나 변해. 변하는 건 당연한 것이지.
어쩔 수 없는 상황이 나를 그렇게 만들기도 하잖아?
너의 상황처럼 어제의 아군이 오늘이 적군이 되어 등을 돌리는 건 세상을 살면서 다반사로 벌어지는 일들이잖아. 그런 상황은 앞으로도 얼마든지 잠재되어 있잖아.
그때마다 네가 바보처럼 살았다고 생각할 거니?
그때마다 남들이 너를 호구로 본다고 생각할 거니?

여기에 열 명의 사람이 있다면, 우리는 열 명의 사람을 다 만족시키긴 어려워.
열 명의 사람을 다 만족시키려 들면 정작 한 사람도 만족시킬 수 없게 될 수도 있어.
아무리 명약이라도 백 명에게 다 명약일 수는 없다.
그러니 너의 마음을 몰라준 한 사람한테 너무 많은 가슴을 내어주진 말어.
너에겐 한 명의 적군보다 아홉 명의 아군이 있으니까.

내가 끄덕일 때 똑같이 끄덕이는 친구는 필요 없다.
그런 건 내 그림자가 더 잘한다.

_플루타르크

용설란에게

• 강한 의지 •

TO.

사업은 잘 되니?
국가의 경제가 심각한 수준으로 떨어지고 있는 듯하다.
경기가 안 좋아 사업을 하는 친구도 어려울 듯싶다.
경기가 안 좋은 게 어디 오늘낼 일이겠냐마는
이대로 경제정책이 부자 살리기 쪽으로만 흘러가면 빈부의 격차는 점점 더 벌어지길 것이고 사회적 양극화는 점점 심화될 것 같구나.

워런 버핏이 이런 말을 했다.
"내 돈은 내 돈이 다 아니다."
그가 아프리카 같은 척박한 나라에서 태어났어도 돈을 벌었을까?
낙후된 나라의 정치인들이나 기업인들은 서구의 자본가들에게서 이런 마인드를 배워야 한다.
워런 버핏이나 빌 게이츠가 오늘날 세계인들에게 존경을 받는 이유는 그들은 사회 환원이 자본주의를 유동성 있게 하는 길임을 알기 때문이다.
요새 복지에 대해서도 말이 많은 듯하다.
복지정책의 핵심은 가난한 사람을 중산층으로 끌어올리는 것이다. 왜냐하면 중산층이 있어야 유효수요가 늘어나기 때문이지. 이 말은, 수요와 공급이 원활하게 이루어져야 시장경제가 원활하게 돌아간다는 의미일 게다.

우리나라에서는 재벌들이 후진국형 자본주의 마인드를 가지고 있기 때문에 재벌들의 사회 환원이 제대로 안 되고 있다. 언제까지나 이런 마인드로 기업을 운영하면 자본주의는 필연적으로 빈부의 격차를 발생시키고, 빈부의 격차는 사회갈등을 조장하게 될 거야.

사회갈등을 방치하면 그 국가는 앞으로 갈 수가 없다. 그렇기에 자본주의 체제에서 발생되는 사회적 갈등을 해소해주는 역할을 하는 것이 복지인 것이지.
어떠한 국가도 복지가 없으면 유지될 수가 없다.
그렇기 때문에 아이러니하게도 철혈재상 비스마르크가 의료보험 제도를 세계에서 처음으로 도입한 것이고, 우리나라는 박정희 전 대통령이 도입을 한 것이지.

비가 오니 생각이 많다.
나랏일은 위정자들이 어련히 할까.
이쯤에서 멈추고 간디가 말한 7대 악덕과 이 사회를 비교해보며 이 글을 갈음한다.

-간디가 말한 7대 악덕-

1.원칙(철학) 없는 정치
2.노동 없는 부
3.도덕성 없는 상업(경제)
4.양심(윤리) 없는 쾌락
5.인격 없는 교육
6.인간성 없는 과학
7.신앙 없는 예배(헌신 없는 종교)

변화란 알아차릴 때 온다. 이제는 변화가 필요할 때가 아닐까 한다.
경기 불황을 잘 극복하길 빌며
이상 넋두리를 마친다.

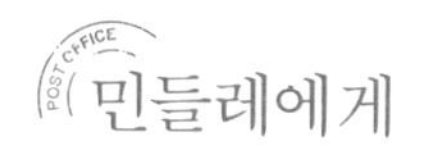

That is 긍정

사람이 세상을 살면서 모든 재산을 다 맡겨도 믿을 수 있는 사람을 얼마나 만날 수 있을까? 죽을 때까지 만나지 못하는 사람이 있는 반면에 그렇지 않은 사람도 있겠지. 또 어떤 사람은 그런 사람을 만나기 위해 살고 있는 사람도 있을 거야.
'나는 과연 몇 명이나 될까?' 하고 생각해 본 적이 있어.
다행이라고 해야 할까?
나에게도 몇 명은 있더구나. 그들이 내 마음과 같지 않아도 괜찮아. 날 어떻게 생각하는지 그건 중요하지 않아. 그건 그들의 마음이니까. 내게 중요한 것은 내가 믿을 만한 사람이 있다는 것이고, 그들이 설령 내 믿음에 이반하는 행동을 한다 해도 괜찮아. 나를 배신해도 그럴 만한 사정이 있었을 테니까.
그중에 한 사람이 너야.

우린 25년 만에 참 우연히 만났다. 그치? 널 마지막으로 본 게 고등학생 때였으니까.
너는 그때 어느 대학의 최고경영자 과정을 밟고 있던 중이었고, 그 그룹에서 내가 사는 곳으로 문화탐방을 오는 바람에 만나게 되었지.

그날 공교롭게도 내가 너희 그룹을 맞이하게 된 거고.
너도 날 만나게 될 줄 몰랐겠지만 나도 그날 거기에 가는 건 일정에 없던 일이었어.
인연이란 이런 것이지. 인연이 있으면 애쓰지 않아도 이렇게 만나야 할 사람은 언젠가는 어떤 식으로든 만나게 되는 것.

나를 먼저 알아본 건 너였어. 근데 난 널 통 기억하지 못했지. 네가 네 이름을 말했을 때도 그때의 얼굴과 지금의 얼굴이 판이했으므로 너와 헤어진 후에도 얼떨떨했었어.
학창시절 너는 있는 듯 없는 듯 한 아이였어. 참 조용하고 어두운 학생이었지. 내가 이렇게 기억하는 건 너의 얼굴엔 언제나 무거운 산 그림자가 드리워져 있었기 때문이기도 해. 그도 그럴 것이, 학창시절 불우한 가정형편 때문에 학생 신분임에도 불구하고 넌 두 동생을 책임져야 했잖아. 부모님의 부재를 네가 대신 채워야 했으니까. 다른 또래의 아이들이 학교에서 수업을 받고 있을 때, 너는 두 동생의 학비를 벌기 위해 남의 집 일을 해주는 일이 부지기수였지?

내 머리에 메모리된 너에 대한 기억 중에 가장 많이 차지하는 부분은 그런 이미지였어.

그 후 25년 만에 만났는데 넌 그때의 모습을 전혀 찾아볼 수 없을 정도로 멋진 사람이 되어 있더구나. 세월이 아무리 흘렀어도 예전의 모습은 조금이라도 남아있을 법한데 그때의 모습은 어디에도 남아있질 않았어. 외모는 물론, 신분도 그때와는 흐른 세월만큼 달라져 있었지. 고등학교를 졸업하고 각고의 고생 끝에 생활의 안정을 찾았다지? 지금은 개인 사업을 하면서 청소년을 비롯한 시민을 위한 사회사업 또한 남다르게 하고 있다고 들었어.
고백하자면, 난 너의 달라진 외모를 보고 성형수술을 했는 줄 알았단다. 나만 그런 것이 아니라 너를 본 다른 친구들도 마찬가지였어. 그래서 항간에는 네가 돈을 들여 환골탈태를 했다는 말이 나돌 정도였지. 너도 익히 들어서 알 거야. 그런데 넌 이 소문을 듣고 나에게 그랬지.

"나에 대한 소문이 그렇게 났어? 기분 좋은데! 내가 그만큼 예뻐졌다는 거잖아."
웬만하면 불쾌했을 법한데 넌 그러지 않았어.
이것이 너와 아직도 불우함에 벗어나지 못하고 있는 사람과의 차이일 거야. 네가 그렇게 변할 수 있었던 건, 너의 이런 긍정적인 마인드 때문이었어.
난 너를 통해서 확인했어. 의학의 힘을 빌리지 않아도 긍정적인 자세가 삶의 질도 바꾸게 만들지만 사람의 얼굴도 바뀌게 만든다는 걸.

그런데 네가 정작 멋진 사람인 건, 변한 너의 모습 때문이 아니라
너의 이런 긍정 에너지가 주위 사람들에게 힘을 주고 있기 때문이야.
너를 만나면 기분이 개운해지고 행복해지니까.
그렇기에 넌 존경받아 마땅한 사람이며 진정 멋진 사람이야.
앞으로도 나를 비롯한 많은 사람들에게 활력소가 되어주길 바란다.
친구야.

루피너스에게

That is 모성애

비가 온 뒤라 날씨가 쌀쌀맞구나.
찬바람이 불수록 휑한 마음을 가진 사람은 더 휑해지고 가난한 자들의 걱정은 한층 더해지겠지? 친구나 나나 가난한 자들이니 오는 겨울이 그리 반갑지만은 않을 거야.
아이들은 점점 커 가는데 형편은 좀체 펴지지 않고 있으니 그만큼 걱정거리 또한 켜켜이 쌓여 가고 있으리라 여긴다.

자식 걱정은 비단 친구뿐만이 아니라 나를 비롯한 모든 부모들이 그럴 거야. 사정은 다 다르겠지만.
난들 왜 자식들에게 좋은 옷, 좋은 음식, 좋은 환경을 만들어 주고 싶지 않겠는가. 그러나 어찌할 수 없는 일을 바라면 바랄수록 상실감만 더할 뿐 아무런 도움도 되지 않기에 있는 것에서 만족하고 그 안에서 길을 찾으려고 한다.

난 참 가난한 아빠지. 그래서 이렇다 하게 물려줄 거 또한 없는 사람이야.
그런데 그나마 이런 아비를 내 자식들은 자랑스러워한다더군.
내 비록 넉넉지 못하여 많은 것들을 못 해주는 아비지만, 그로 하여금 아이들이 기죽지 않고 자라고 있다는 것이 그저 감사할 따름이야. 사춘기의 시기를 겪고 있지만 사회적인 탈선이나 학교 내의 문제를 야기하지 않으니 그 또한 감사하지.
자식 못 믿는 부모가 어디 있겠냐마는 나 역시도 내 자식들을 믿고 있네. 부모로서 할 일이 지켜보고 믿어주고 사랑해주는 것밖에 더 있겠나 싶어.

과거 언젠가는 내 사는 것이 곤궁하여 내 자식만큼은 좋은 연줄을 만들어주고 싶었던 때가 있었지. 그런데 가만히 생각해보니 그것은 자식의 삶이 아니라, 내 삶이더군.
나는 내 자식들이 자기의 삶을 스스로 개척해나가길 바라네.
나는 내 자식들 때문에 가진 자들에게 비굴해질 마음도 없으며, 자식들도 그렇게 성장해 주길 바라지. 비굴은 노예근성을 만들어 내는 재료니까.

비굴해지지 마라.
노력이나 고통 없이 얻어지는 것은 없다.
말로 지는 업보는 웬만하면 지지 말고 살아라.

난 내 자식들이 학업 성적보다는 이 말을 숙지하며 살아갔으면 좋겠어. 거기에다가 건강하게 자라주었으면 좋겠어.

POST OFFICE

바카리스 님에게

That is 개척

요 며칠 맹추위가 기승을 부렸습니다.
이번 겨울에는 원없이 눈을 볼 것 같습니다.
겨울은 추워야 함에 동의를 하지만 체감으론 거부를 입게 되는군요.

그해 겨울이 따뜻하면 흉년이 된다고 합니다.
왜냐하면 쇠도 여러 번 담금질을 당해야 강해지듯, 제 힘으로 각질을 깨고 나온 새가 튼튼하듯, 작물들도 얼어서 단단해진 대지를 뚫고 나와야 튼실한 곡물이 되는 이치 때문이라네요.

그렇다면 사람도 이와 같지 않을까요?
그러나 내 안에선 아닐 거라는 게 지배적입니다.
인고가 생명력으로 귀속되기도 한다는 건 동의하지만, 고생을 생의 성숙으로 승화하는 사람이 있는 반면에, 고생을 생의 앙갚음으로 삼고 사는 사람도 있기 때문입니다. 그런 사람은 오히려 독을 품고 살기에 튼튼한 사람이라 할 수 없겠지요.

아침부터 지금 이 시간까지 까마귀가 까악까악 우는군요. 보아 하니 점심때인가 봅니다.
우리는 언젠가부터 까마귀의 소리를 불길한 징조로 들어왔습니다. 분명 길조임에도 불구하고 왜 저런 고정관념이 생겼을까요? 분명한 것은 고정관념이란, 편견이 쌓여 만들어진 것이라는 겁니다.
까마귀를 예로 들자면, 까마귀가 우는 이유는 어미가 새끼들에게 밥을 달라는 신호이기 때문이라고 합니다. 그것을 '안갚음'이라고 한다는군요. 사람이 하는 '앙갚음'과 까마귀가 하는 '안갚음'은 발음은 같지만 의미는 반대입니다. 사람이 하는 앙갚음은 해를 입었으니 해를 돌려주는 것이요, 까마귀가 하는 안갚음은 은혜를 입었으니 은혜를 갚는 효행을 의미합니다. 사람이 하는 앙갚음은 상처와 원수에 원수를 낳고 만드는 일이요, 까마귀가 하는 안갚음은 효행으로 덕을 쌓는 일입니다.
이렇게 우리는 자연에게서 많은 것을 배웁니다.
배우는 자세가 자기를 발전시킵니다.
배움을 다른 언어로 표현하면 교육입니다. 교육은 인간을 가장 인간답게 만드는 도구입니다. 만일 교육이 없었다면 인간은 짐승과 똑같아질 것입니다. 그 증거가 바로 늑대인간이구요.
교육이라는 거, 꼭 학교에서 배우는 것만이 교육이 아닙니다. 스스로 배우려는 자세가 곧 교육의 입문인 것입니다. 배움은 질문으로부터 시작됩니다. 그 질문이 나를 더욱 성장시키는 원동력이 되는 것입니다.

고난을 말하다가 곁가지로 샜군요.

각설하고,

주철환 교수가 고난에 대해 이런 말을 했더군요,

'고난이 크다면 그건 기적이 일어날 수 있는 최고의 조건을 갖춘 것이다.'

나는 비록 지금 고난의 길을 걷고 있지만 긍정의 힘을 믿기에 고난도 달게 받고 있습니다.

부디 님께서도 지금의 고난을 긍정으로 승화시키길 바랍니다.

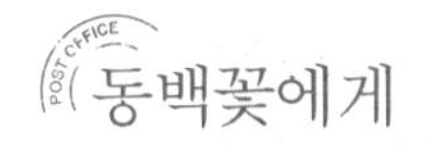

"오 작가, 남들이 보는 나는 어떤 사람 같나?"
너는 어제 이런 문자를 나에게 보냈지.
글쎄… 정말 너는 어떤 사람일까?
자기보다 자기를 잘 아는 사람이 또 있을까?
나도 날 잘 모르는데 내가 널 어떻게 알 수가 있겠니?
그러나 사람과 사람이 부대끼며 사는 세상이니 남의 시선을 무시하면서 살 수는 없을 거야. 남을 너무 의식하면서 사는 것도 문제지만 남을 너무 의식하지 않고 사는 것도 공동체 사회에선 문제지.
그래서 난 날 객관적으로 보는 연습을 해.
주관적인 나도 나고, 객관적인 나도 나라고 생각하는 사람이기 때문이야.
미처 내가 나를 못 보는 것도 있기에.

남의 입을 통해서 알 수 있는 나는, 엄밀히 보면 보편적인 것이 아니라 보는 이의 주관적인 견해이기에 그것이 전적으로 나라고는 정의할 수 없잖아.
만약 네가 어떤 사람에게 빵을 주었고, 또 다른 어떤 사람에겐 침을 뱉었다면 둘 다 보는 관점은 다르잖아.

제아무리 착한 사람이더라도 남의 발을 밟으면 밟힌 사람에겐 못된 사람이 아니겠어?
그렇기에 나 역시 내 잣대로 판단한 주관적인 너를 말하는 것이기에 네가 원하는 물음에는 명쾌하게 말할 수가 없다.
다만 내가 너에게 말할 수 있는 것은,
나는 세상에는 세 부류의 사람이 있다고 생각한다는 거야.
'세속적인 사람과 감성적인 사람과 이성적인 사람'
이 세 부류를 각각 범주화를 시켜 놓고 판단을 하는 거지.

어차피 사람 사는 세상에서 사람을 판단하지 않고 산다는 것은 불가피한 일일 거야.
어쩌면 선과 악을 나누려는 이분법적인 논리이기 때문에 도그마에 빠질지도 모르지만, 어떤 시공간에서는 필요한 것이기에 나는 이분법을 나쁘게만 보지 않는다.

나는 사람을 판단할 때 앞서 말한 세 부류를 10으로 잡고 비율을 매겨.
세속적인 면은 10에서 얼마? 이성적인 면은 얼마? 감성적은 면은 얼마?
이렇게….
이건 전적으로 나만의 통찰로 본 사람을 판단하는 나만의 방식이기에 인생의 정답은 될 수 없지. 그냥 내 삶의 편리성을 위해 저런 기준을 둔 것뿐이야.
아울러, 내가 거리를 두는 부류를 말하자면, 난 지극히 세속적인 사람을 거부해. 무섭고 숨이 막히기 때문이지. 그리고 이성이 아닌 본능만으로 사는 사람들. 이런 사람과 같이 있으면 상대적으로 나를 작게 만들기 때문에 좋아하진 않아.

중언부언이지만,
이 판단의 기준은 전적으로 나의 기준일 뿐 '그 사람은 이런 사람이다'라는 식의 절대적인 정론은 아니야.
이런 판단 기준으로 널 보자면,
너란 사람은 그렇게 세속적이지는 않지만 이성적인 성향보다는 감성적인 면에 더 가까운 사람이라는 생각이 든다. 슬픈 영화를 보거나 음악을 들으면 눈시울을 적신다거나, 아름다운 꽃을 보고 한동안 황홀경에 젖어있는 것을 보면 감성이 좀 더 풍부한 사람이 아닐까?
네가 선한 사람인지 나쁜 사람인지를 말해달라면,
너는 선한 사람이라고 말해주고 싶구나. 적어도 나에겐 그래. 그리고 남들도 널 그렇게 보았으면 좋겠어.
정말 나쁜 사람은 남들의 시선 따윈 신경도 안 쓰고 남들에게 보이는 나에 대해 자각하려들지 않거든. 남들이야 어찌되든 나만 잘살면 된다는 주의들. 진정한 자유주의자가 아닌 편협한 개인주의자들이지.

그런데 친구야,

내가 정작 너에게 하고 싶은 말은 이거야.

'사람은 겪어봐야 안다' 는 거!

사람은 집과 같아서 겉모양만 보고 가늠은 할 수 있지만

실상은 모르잖아.

그 집에 들어가 봐야 실상을 알 수 있는 것이잖아.

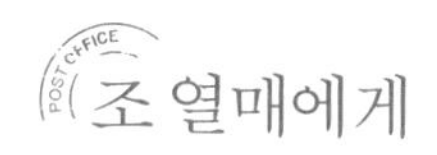

조 열매에게

That is 평등

밤새 뒤척이다가 이제야 늦은 아침을 먹었네.
어제 자네가 억울하게 가중처벌을 받고 말도 안 되는 배상을 해주게 생겼다는 말을 듣고 아무것도 해줄 수가 없는 내 자신이 밉더구먼.
자네는 내가 곤란을 겪었을 때 물심양면으로 도와줬건만….
법적 가해자가 실제론 가해자가 아닌 피해자일 수도 있는데, 올바른 법적 잣대를 가져야 할 판사가 피해자가 우기는 최초 진술만 보고 일방적인 결론을 내렸다는 건 율사로서의 기본 자질이 의심되는 사항이네. 더욱이 아무리 가해자라고 해도 정상참작이라는 인도주의적인 관대함도 있을 터인데, 판사의 판결은 그 어디에도 인간적인 면은 보이지 않네.
'무전유죄 유전무죄'라는 말이 말미에서 떨어지지 않는구먼.
어떤 이는 사람을 해치고도 뻔뻔스럽게 잘들 살아가는데 우리 같은 사람들은 상대에게 모진 말을 해도 미안해서 쩔쩔매려니와 발등만 밟아도 범법자가 되니 말일세.

자네의 말대로 돈이라는 거, 사람을 참 작게도 만들고 비참하게도 만들며 억울하게도 만들지. 때론 교활하게 만들고 뻔뻔스럽게도 만들며 잔인하게도 만들지. 반면 크게도 만들지.

근데 말일세.
돈보다도 더 무서운 건 빚이네.
언뜻 보면 그 말이 그 말처럼 느껴질지도 모르지만, 빚이라는 게 꼭 돈으로 인한 것만은 아니잖은가.
나는 입때껏 저 굴레에서 벗어나서 살아 본 날들이 없네.
마음의 빚, 금전적인 빚.
특히 난 금전적인 빚에서 단 하루도 가벼워본 적이 없네.
어려서는 집안의 빚 때문에 기를 못 펴고 살았지. 매일 주눅 든 아이로 성장해야 했어. 이 굴레는 청소년기를 지나 청년기에도 멈추지 않더니 중년이 된 지금도 빚 때문에 매일 동족방뇨식의 생활을 하고 있지.
'눈을 뜨면 오늘은 어떻게 넘기나? 오늘을 무사히 넘겼으면, 며칠 기간을 벌었으니 당분간은 괜찮겠구나.' 하는 식의 생활이 이젠 일상이 되어버렸네.
그런데 시간은 어찌나 빨리 흐르는지 또다시 제자리로 온 나를 보곤 하지.

나는 원대한 꿈을 꾸며 사는 사람은 아닐세. 정말 소박한 꿈을 꾸며 사는 사람이지.
돈은 얼마 없어도 좋으니 이 빚 굴레에서만 벗어난다면, 진정 나는 날아다닐 수 있는 사람이 될 텐데… 하는 바람으로 하루를 연명하네. 빚 없이 살아보는 게 소원인 사람이 나일세. 그런데 벗어나려고 하면 할수록 더 보태지고 더 옥죄는 게 그거더구먼.
지금의 내가 당장 어쩔 수 없는 것이지.
아무리 발버둥 쳐도 안 되더란 말이야.

그런데 이런 생각이 들더군.
'이것이 어쩌면 내가 세상에 갚아야 할 빚의 무게인지도 모른다'는 생각.
그렇게 생각하니 받아들이게 되고 순종하게 되더군.
그러면서도 '내가 왜? 나만 왜? 나 그동안 힘들게 불쌍하게 살았잖아? 근데 왜 이 굴레에서 벗어나면 안 되는 거지? 내가 무슨 죄를 그렇게나 졌다고!' 하는 분노와 억울함과 자기 동정이 생기는 것 또한 어쩔 수가 없더구먼.

말이 길어졌군.
여기서 각설하고.

자네에게 이 말이 무슨 도움이 되겠냐마는, 또한 어련히 잘할까마는, 돈이야 있다가도 없고 그런 것이 아니겠는가? 억울하지만 세상에 진 빚 줬다고 생각하고 사는 편이 어떻겠는가?
빚 때문에 나처럼 자신을 학대하거나 초라하게, 비루하게는 만들지 않길 바라네. 그리하면 자신은 더 작아지고 바람 빠진 풍선처럼 가지고 있던 것조차도 새어버리네.
언젠가 자네가 한 말대로 가족 건강하면 됐고, 아직도 팔팔한 배우자도 있고 또한 자네가 지닌 내공과 저력은 무한한 가치를 지닌 능력이고! 그것이 본래 있었던 자산이 아니겠는가.

이왕 나가게 된 돈, 어렵겠지만 잠시 누군가가 자네에게 맡겨둔 것을 돌려준 셈 치시게.
제 손톱 밑에 가시가 더 아픈 법이니 비교할 건 아니지만, 돌아보면 자네보다 못한 사람들은 부지기수고, 어쩌면 우리의 현 상황은 그들에 비하면 조족지혈鳥足之血일지도 모르네.
나는 올려다보며 사는 사람이 아닌 내려다보며 사는 사람이기에 이런 말밖에 할 수가 없구먼.

근본적인 문제를 해결해줄 수 없는 백 마디의 말이 무슨 필요가 있겠는가마는, 경험만한 스승은 없다고 내가 해줄 건 이거밖에 없구먼.
때론 내려다보시게.
내려다보면 의외로 못 보던 것도 보이고 많은 것들이 보인다네.

갈대에게

That is 믿음

그런대로 상쾌한 날이구나.

상쾌함이 명징하지 않은 이유는 황사 때문이지.

여기가 비록 시골이지만 맑고 청아한 날을 보기란 예전처럼 쉽지는 않구나.

비가 온 뒤에나 볼 수 있을 정도니….

공기오염에 찌든 산업도시에 사는 자네보다는 낫다는 것에 그나마 감사를 해야겠지.

고2인 아들내미가 불량스런 친구들과 어울려 걱정이 많다지?

근묵자흑近墨者黑이니 걱정이 왜 안 되겠는가.

봉생마중 불부자직蓬生痲中 不扶自直이란 말이 있네.

'굽어지기 쉬운 쑥대도 삼밭 속에서 자라면 저절로 곧아진다'는 뜻이지. 삼은 가지가 곧게 자라는 식물인데 어떤 건 3미터까지 자란다고 하더군. 삼배 옷을 짜서 입는 원료이기도 하지. 알다시피 씨는 약재이며 잎과 꽃은 환각 성분이 있어 악용되기도 하는 식물이네. 그렇게 악용되지 않으면 더할 나위 없이 좋은 식물이지. 그런데 이런 삼밭 속에서 꾸불꾸

불한 쑥대가 자라게 되면 삼의 영향을 받아 곧게 자라게 된다는군.

옆으로 퍼져 자라는 쑥도 삼밭에서 자라면 부축해 주지 않아도 똑바로 자라고 흰 모래가 검은 흙과 섞이면 검은 모래가 되듯, 좋은 벗과 사귀면 나 또한 좋은 벗이 되네.
내가 누구를 만나고 누구와 함께 있느냐가 사람의 일생을 좌우하기도 하니 사람이 어찌 중요하지 않다 할 수 있겠는가.
그러한즉, 나부터 매사 조심해야겠지.
내가 시궁창에 있으면 나에게서 시궁창 냄새가 날 것이고, 내가 꽃밭에 있으면 내 몸에서 꽃향기가 날 것이기에.

자네의 아이는 걱정하지 않아도 될 듯싶으이.
자네가 하도 걱정하기에 자네 아이와 대화를 나눠보니 자네가 생각하는 것만큼 불량 친구들은 아니더구먼. 목표의식이 확실히 있을 만큼 인생설계도 나름 하고 있는 친구들이었네. 적어도 허파에 바람 든 뜬구름은 가지고 있지 않단 소리네.
질풍노도의 시기를 걷고 있으니 자네의 불안심리가 노파심으로 변한 거 같으이.
아들내미를 믿게.
앞으로 부모인 우리가 자식에게 할 수 있는 일은 믿고, 지켜보고, 사랑해주는 것밖에 없지 않을까 하네.
그리고 말일세, 내가 꽃이라면 흙탕물을 뒤집어쓴다 해도 꽃인 건 변함이 없고, 그 흙탕물은 언제고 비가 오면 씻긴다네.

That is 욕심

친구야
오늘은 아침부터 비가 오는구나.
벌써 삼 년째 큰비가 오지 않아서 강물이 점점 메말라가고 있던 참인데, 그러던 차에 내리는 비라 여간 반가울 수가 없구나. 더욱이 요 며칠 극성이었던 미세먼지를 씻겨주니 그 또한 고맙고 반갑다.

친구야
어느 경계까지가 욕심일까?
인류를 살다간 많은 성인들과 세상을 살고 있는 그보다 많은 사람들이 욕심을 버리라 하고, 오늘도 누군가는 욕심을 버리려고 애를 쓰며 살고 있지만 공수표일 뿐 쉽지 않은 게 그것이잖아.

진정, 바라는 마음이 욕심일까?
나는 아니라고 답하고 싶구나.
바라는 마음이 욕심이라면, 이상·꿈·희망·목표의식·지향성 등 이 모든 게 욕심으로 평가절하 되는 거잖아.

욕심의 실체는 괴로움이란다.
어떤 이가 만약 무엇이 되고자 꿈꾼다면, 그 자체가 욕심이 아니라 무엇이 못 되었을 때 오는 고통(자괴감, 실망, 창피함, 집착 등)들이 욕심이다.
욕심이란, 마음을 욕되게 만드는 것! 그래서 욕심인 것이지.
목표를 향해 가는 과정에서 만약, 나를 괴롭히는 감정들이 생기면 그 또한 욕심이기 때문이다.
반대로 비록 결과는 미흡하지만 괴로움이 생기지 않으면 그건 욕심이 아니었기 때문이다.

욕심이란,
어떤 학생이 전교 1등을 하고 싶어 한다면, 그 자체가 욕심이 아니고
그 어떤 노력도 하지 않으면서 1등을 하려는 그 마음 자세가 욕심이다.
또한 과정에 있어서 짜증이 나면 그건 욕심이기 때문이다.
이렇게 욕심은 언제나 고통을 동반한다.

사랑하는 사람과의 관계도 그렇다.
어떤 대상을 마음에 품었을 때 즐거움이 아닌 고통이 오면 그건 상대 그 자체를 좋아하는 게 아니라, 그 상대를 쟁취하고픈 마음 때문이므로 그 또한 욕심이라고 할 수 있다.

친구야
혹, 아직도 네 마음을 몰라주는 그 사람이 야속하고 때론 괴로움이 찾아오니?
그렇다면 그건 친구가 그 사람을 진정으로 사랑한 게 아니라 그 사람에게 무언가 얻기 위해서는 아닐까? 혹은, 그 사람한테 집착하고 있는 건

아닐까?
진정한 사랑은 그 사람이 있다는 자체만으로도 기쁨이 찾아오는 거잖아. 진정으로 사랑할 때 받는 기쁨보다 주는 기쁨이 더 크게 다가오잖아. 너에게 그를 향한 마음이 욕심이라고 단정 지을 수는 없지만, 그것이 너에게 끊임없는 아픔을 주고 있다면 잠시 십 미터 떨어져서 너를 관조할 수 있는 시간을 갖기를 바란다.
어쩌면 그 사람의 마음을 얻기 위해서 조급해하고 속상함에 남루해진 너를 발견할 수 있을지도 몰라. 만약 그렇다면 이젠 너를 네가 다독여주길 바랄게.

진실된 우정이란,
느리게 자라는 나무와 같다.

_조지 워싱턴

[그리고;… 더하기]

Letter Four

저 달처럼 고요히 흐르는 소리가 더 드높다

• '사랑한다'라는 말은 '살아간다'라는 말과 같은 말이래 •

수련에게

• 청순한 마음 •

TO.

이십여 년 만에 동창들을 만났단다. 듣자 하니 동창들이 나에 대해 궁금한 게 많았던가 보더라.
학창 시절 존재감 없던 내가 아주 미약하게나마 세간에 이름이 오르내리는 사람이 되었고, 그 때문에 동창들에게 화제가 되었으니 어떻게 변했는지 궁금한 것은 당연한 수순이었을 거야. 궁금한 만큼 실망도 크다는데 실망이나 안 했는지 모르겠다. 또는 앞으로 나에 대한 새로운 기대감도 생겼을지 몰라. 오랜만에 보는 사람에게 생기는 호기심과 기대감이라는 게 있잖아. 그건 인간이 가질 수 있는 자연스런 감정이니 저지시킬 건 아니지.
근데 많은 사람들은 만남의 횟수가 많아질수록 그 사람한테 실망을 하곤 하지. 그건 어쩌면 그 사람을 과대평가했기 때문이 아닐까 해.
과대평가를 하면 오히려 그 이상의 것이 잘 보이기보다는 그 이하의 것이 더 잘 보여 실망을 하는 법인데….
주변이 모두 컬러 색상일 때 흑백이 오히려 잘 보이듯 사람을 보는 기본적 시선은 그렇지 않을까?
말했듯이 사람에겐 기대 심리가 있잖아. 자기의 역량은 여기가 한계인데 사람이 어디 그래? 더 기대하게 되고, 거기에 부흥하지 못하면 결국 기대하는 사람에겐 실망을 주게 되는 거지.
반면에 고답적인 시선으로 초지일관 바라봐주는 사람도 있단다.
완전할 수도 완벽할 수도 없는 것이 사람인데, 그래서 장단점이 있는 거 아니겠어? 장점은 장점대로 칭찬해주고 단점은 단점대로 보완해 주면서 사는 것이 인간의 몫이 아닐까 싶어. 너처럼 말이야.

우리 이제 인생 반 백 년 남짓 살았다. 그치?

그동안 살아오면서 참 많은 사람들을 만났을 거야.
요새 들어, 어쩌면 오만한 생각으로 비춰질지 모르는 생각이 자주 들곤 해.
'아, 나는 이제 내가 찾고자 하고 만나고자 하는 사람들을 다 보았고 만났구나. 영혼이 맑은 사람, 환기가 안 되어 갇혀 있는 사람, 소통의 창구가 막혀 있는 사람, 선한 사람, 나쁜 사람, 맑으면서 깊은 사람, 무엇을 잘못해도 용서가 되는 사람, 마음에 걸림이 생기지 않는 사람, 내가 가진 것을 다 맡겨도 안심이 되는 사람, 탁하면서 얕은 사람 등등….'
곰곰이 생각해보니 이제 더는 찾고 싶은 사람이 떠오르지 않더구나. 그러나 얼마의 시간이 흐르면 내가 못 찾고 생각하지 못했던 사람이 또 나타날지도 모를 일이지. 세상은 살아봐야 아는 것이니까.

내가 널 어떻게 보았는지 궁금하지?
'자기가 보물인데도 보물임을 모르고 사는 사람'
어떻게 해석하느냐에 따라서 의미가 달라질 수 있지만, 너는 가족을 이롭게 하고 주위 친구들을 비롯한 사람들을 이롭게 하며 더 나아가 세상을 이롭게 하는 사람이라서 내 눈엔 그렇게 보이는 거야. 그보다 더한 보석이 있을까?
만약 네가 자신을 뽐내기 위해 겸손을 뒤로 한 사람이었다면 내 눈엔 달리 보였을 거야.
나는 너와 같은 사람이 좋아.
자신이 보석인데도 보석인 줄 모르는 사람.
원석 같은 사람.
그렇기에 순수한 사람.
그 순수하면서도 고결한 마음, 언제까지나 지니고 살길 바랄게.

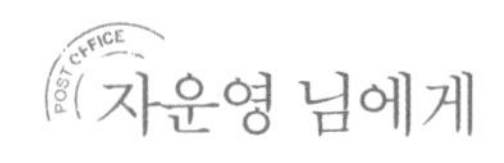

자운영 님에게

That is 그대의 관대한 사랑

가진 것에서 나누어 주고
내 그릇에 담을 수 있을 만큼만 갖고 채우기
서운함도 잊고
미움도 버리고
너무 가깝지도 멀지도 않게 딱 그만큼만
서 있어주기
밀어내지도 당기지도 말고
그만큼만 그만큼만
공존의 이유로
그만큼만.

그리고 나 세상 떠나는 그날
그냥 놔두고 가기

언젠가 제게 보내준 글입니다.
저 글을 읽으면 자운영 님이 생각납니다.
왜였을까요?
욕심 없이 사는 자운영 님 때문일까요?
아마도 그 때문이었을 것입니다.

매화에게

That is 기품

새벽녘이 되니 간간히 비가 오는구나.
계절은 한창 여름으로 치닫는데 한기를 품은 비 때문인지 때 이른 젖은 가을 냄새가 나는 날이다.

오늘은 늦은 시간까지 친구들과 소주잔을 기울이며 같이 있었단다.
순옥이라는 친구도 만났어. 비록 중학교 3년을 같은 학교 동기로 지냈지만 같이 말할 기회가 주어지지 않아 그냥 얼굴만 알던 친구였지.
오늘 처음으로 말을 해봤단다(흐트러짐 없이 남의 말에 끝까지 귀 기울이는 자세가 몸에 밴 사람이더구나).
비단 순옥이만이겠어? 너와도 직접적인 대화는 한 번도 해보질 못했을 거야.
내가 워낙 숫기가 없는 사람이라 익숙하지 않은 사람들과는 좀체 말문이 안 열려.
입이 열려도 마음과는 달리 나오는 소리는 '어버버'거리는 어설픈 소리지.
이런 내 속사정을 아는 사람은 몇 안 돼. 이것으로 우린 서로 비밀을 공유하는 사이가 된 거야.
비밀을 공유하는 사이?

그만큼 친숙하고 기밀한 관계가 아닐까?

그나저나 너희 어머니가 하셨던 이 지역의 명물 국수집이 없어져서 아쉬워하는 사람들이 많아. 무엇보다 아쉬운 것은 너희 어머니를 자주 못 뵌다는 거지.
내가 갈 때마다 너희 어머니는 내 아이들을 칭찬하셨어. 대놓고는 말씀을 안 하시지만 변변치 못한 내가 아이들을 키우고 있다는 게 참 대견하고 안쓰러우셨던가봐.
내 아이들을 칭찬해주시는 맛에 너희 어머니 식당에 가기도 했었는데…
이젠 그 말을 듣기 어렵게 되었다. 두 번을 생각해도 아쉽기만 하구나.
건강이 안 좋아지셔서 그만두신 거라지?
너희 어머니를 가끔씩 시내에서 봬.
더운 날 저녁이 되면 밖에 있는 들마루에 나와 앉아 계시기도 해. 이제는 그 고된 일을 안 하셔서인지 편안해 보이시긴 하더라.

우리 세대의 부모님들이 그러했듯,
너희 부모님도 참 대단하신 분들이야. 그 힘든 일을 하시면서 자식들을 훌륭히 키워내시고 식당 역시 이 고장의 명소로 만드셨으니 말이야. 그런 부모 밑에서 자랐으니 네가 지금 두 자녀의 훌륭한 엄마이자, 나에겐 고마운 친구가 된 게 아니었나 싶어.
세상에서 가장 거룩한 이름은 아마도 '어머니, 아버지'일 거야.
지금의 내가 어떻게 살든 살아온 과정이 어떻든 날 이 세상에 나오게 한 분들이시니까.

편의점을 한다지?

고된 일이기도 할 텐데 언제나 긍정적이고 넓은 포용력을 지니고 있어서 가끔씩은 나를 자숙하게 만들기도 한단다. 비록 멀리 살고 있지만 너와 같은 친구를 알고 있다는 자체가 나에겐 기쁨이야. 나도 너에게 기쁨을 줄 수 있는 친구가 될 수 있을까? 노력은 하며 살아야겠지.

벌써 시간이 새벽이 되었구나.

귀갓길에 연꽃 밭에서 잠시 산책을 하다 왔어. 달밤을 머금은 연꽃은 또 다른 은은함으로 하룻길에 절뚝이는 나를 위로해 주어서 좋단다. 너도 시간이 나면 달밤을 머금은 연꽃을 맞이해 보렴.

이만 줄여야겠다.

오늘도 기쁘게 살자.

That is 고마운 마음

일기예보를 보니 태풍 할롤라가 빠르게 한반도를 향해 북상 중이라는구나.
제주도에는 강풍주의보가 발령됐다는데 우리가 사는 이곳은 날씨만 흐릴 뿐 지극히 고요하고 평화로운 아침이다. 폭풍 전야라 그런가?
북상할수록 점점 약해진다는 말이 있으니 그다지 피해는 없으리라 보는데… 인간으로서 헤아리기가 벅찬 자연의 조화 속이니 장담할 수는 없는 일이지.

태풍에는 이미 이름이 정해져 있다고 해.
태풍에 처음으로 이름을 붙인 사람들은 호주의 예보관들이었대. 자신이 싫어하는 정치가의 이름을 붙였다는군. 그 이후 세계2차대전 때 미 공군과 해군에서 태풍에 공식적인 이름을 붙이기 시작했는데, 자신들의 애인이나 아내의 이름을 사용했대. 그러다가 오늘날에는 각 국가별로 10개씩 지어서 태풍위원회에 제출한다고 하더군. 이 이름들이 다 쓰이려면 보통 5년 정도 걸리는데 다 쓰이면 다시 처음 불렀던 이름으로 돌아간대.
참고로 '할롤라'라는 이름은 하와이의 남자아이 이름이래. 우리나라가 태풍위원회에 제출한 태풍 이름은 '제비, 개미, 나리, 수달, 메기, 장미, 나비, 노루, 너구리, 고니'라고 하더구먼. 태풍 이름이 비교적 순한 이름들인 건, 태풍 또한 온순하게 지나가기를 바라는 마음 때문이라는군.
이번 태풍도 별 사고 없이 온순하게 지나가야 할 텐데….

엊그제는 너의 생일이었어.
많은 친구들이 축하해 주는 모습을 보니 왠지 모를 뭉클함이 생기더구나.
음… 왜였을까?
어쩌면 나에게 너에 대한 기억은 좀 슬픈 것들이 많아서였을 거야.
기억날는지는 모르겠지만, 중학교 1학년 때 너와 나 그리고 또 한 명의 친구가 담임선생님에게 불려 교단 앞으로 나갔었단다. 단지 신체가 남들과 좀 다르다는 이유로, 신체의 불편함을 조사하기 위해 불려나간 거지.
선생님은 마치 나치 치하에 있는 게슈타포처럼 우리의 몸을 수색했지. 반 아이들이 다 보는 앞에서 연구대상인 양 그렇게 조사했었어. 굳이 그럴 필요까지는 없었는데 말이야.

그랬던 내 기억 속에 아이가 누구보다도 성실하게 살아왔고, 건축 일을 하는 도중 십여 미터 아래로 떨어져 죽을 고비를 여러 번 넘기면서도 굳건한 의지로 살고 있는 것을 보면 참 존경스럽기도 해. 그런 너의 굳센 의지와 성실하고 진실한 너의 품행으로 친구들 사이엔 없어서는 안 될 존재가 되었지.

십수 년 전, 외지에 살다가 고향으로 내려왔을 때의 넌 정말 아무것도 없던 사람이었지. 가지고 있는 밑천이라곤 달랑 몸이 전부인 너와 제수씨는 남의 밭을 얻어 일구고 그렇게 얻은 것 역시 모지락스런 풍파에 풍비박산 났을 때도 넌 굴하지 않고 다시 일어났어.
어쩌면 네가 지금 그렇게 굳건하게 살아가는 것도 오래전 아픔들이 켜켜이 쌓여 굳은살로 단련되었기 때문이 아닐까 싶어.
그리고 앞으로도 그것들이 큰 자산으로 널 지켜줄 거라 믿어.

이 글을 쓰고 있는 동안 해가 나왔다.
여름은 더워야 하지만,
그럼에도 불구하고
오늘은 무척이나 더울 것 같은 불길한 예감이 드는구나.

근데 말이다.
이상하게 난 네가 걱정이 안 된다.
활화산에 갖다놔도 용암불에 고기 구워먹을 사람이 너라는 걸 알기 때문일까?
든든한 내 친구!
앞으로 남은 인생 즐겁게 살자꾸나.

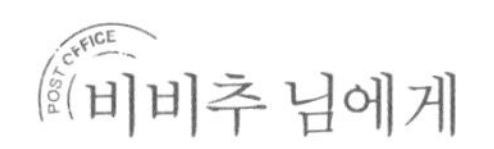

비비추 님에게

That is 하늘이 내린 인연

오늘은 아이들의 겨울방학이 끝나는 날입니다.
오늘은 진눈깨비가 내리는군요.
주적주적 내리는 빗속을 뚫고 학교에 딸아이의 과제물을 가져다주고 오는 길입니다. 늦잠을 자는 통에 아침부터 부산을 떨더니만 기어이 과제물을 빠뜨리고 갔네요. 비를 맞고 온 아비가 불쌍하게 보였는지, 과제물을 전해주고 교문을 나서는 아비의 뒷모습을 보고 있는 큰아이의 측은한 시선을 느꼈습니다. 저 녀석은 아마도 아비의 쓸쓸한 뒷모습이 하루 종일 마음에 걸렸을 것입니다.
그런 아이가 마음에 걸려 호기 있게 손을 흔들며 교문을 나서면서 인연에 대해 생각을 했습지요.

많은 사람들은 눈앞에 보여야지 인연이라고 생각합니다.
하지만 삼라만상을 살펴보면 인연이 아니면 성립되는 게 없습니다.
내 곁에 있어도 인연이 없으면 내 인식에 닿지 않습니다.
존재하지 않는 것과 다름없습니다.
멀리 있어도 내 마음속에 감돌면 그것이 인연인 것입니다.
시공은 전혀 거기에 어떤 장애가 되지 않습니다.

다만 인연이 작용할 뿐입니다.

모든 인연에는 유효기간이 있다는 것이 제 평소 생각입니다.
부부처럼 백년해로하는 인연이 있고, 초등학교 시절 몇 년 동안의 인연도 있습니다.
일 년 동안의 인연도 있고, 하루 동안의 인연도 있습니다.
인연에는 두 가지의 인연이 있습니다. 필연과 악연이 그것입니다.

필연은 서로가 서로에게 필요로 한 무엇을 채워주기 위해 만나게 되는 인연입니다.
악연은 인연을 만들어 가는 중에 만나는 숙명과도 같은 존재입니다.
이것은 인생사 필요불가결한 악제惡制입니다.
나에게 악연이 생기는 이유는 인연을 더욱 견고하게 만들고 절실하게 만들기 위해서입니다. 악연은 채찍질과 당근의 역할을 동시에 하는 마부인 것입니다.
상황이 안 좋아질수록 바람 또한 절실해지지 않던가요?
절실한 바람이 자기력을 더 세게 만드는 역할을 합니다.
그것을 '끌림'이라고 말합니다.
그러므로 악연 또한 나를 채워주기 위해 찾아온 인연인 것입니다.

사람들이 저에게 묻습니다.
어떤 인연이 가장 좋은 인연이냐고.
그 물음에 저는 이렇게 대답을 합니다.
"인연을 거꾸로 읽어 보세요."
'연인'이 됩니다.

남녀노소 불문을 초월한 연인과 같은 관계가

가장 좋은 인연이 아닐까 합니다.

또 묻습니다.

좋은 사람은 어떤 사람이 좋은 사람이냐고.

나는 대답합니다.

'좋은 사람은 어떤 사람일까?' 하고 생각하고 있는 사람이 좋은 사람이며

나를 좋은 사람으로 만들어주는 사람이 좋은 사람이라고.

바로 당신처럼.

매화 님에게

That is 고결

하루 종일 찬바람이 거칠게 불더니 해가 산마루에 까무룩 넘어갈 무렵부터 잠잠해졌습니다.

일전에 회장님 성의를 거절한 것이 다소 기분을 상하게 했다면 사과드립니다.
제 책을 회장님이 속해 있는 단체의 회원들한테 필독서로 권장하시겠다고 하셨지요.
저에게 도움을 주시겠다는데 왜 아니 고맙겠습니까.
하지만 회장님, 사람 사는 세상에 사람을 함부로 소개시켜주면 안 되듯, 책이라는 것도 마찬가지가 아니겠는지요? 어떤 사람을 만나느냐에 따라 인생이 달라지듯 책이라는 것도 그러하기 때문입니다.
그러함에, 사람을 소개해 줌에 있어 그 사람을 먼저 겪어본 다음에 소개해주듯 책 또한 먼저 읽어본 후에 권하는 게 순서가 아니겠는지요? 이러한 수순을 건너뛰셨기에 제가 거절을 했던 것입니다. 또한 어쩌면 저로 하여금 회장님께도 누가 될지도 모를 일이기에 거듭 사양을 했던 것입니다(물론 받아들이는 것은 그 사람의 몫이겠지요. 그 사람 나름의 기준이 있고 가치관이 있을 테니까요).

어쩌면 회장님 말씀대로 제 알량한 자존심과 아무짝에도 쓸데없는 열등감이 단초가 되었을지도 모릅니다.
근데요, 회장님.
저는 언젠가부터 세상 그 누구도 부러운 사람이 없게 되었습니다. 저는 그저 저마다 가지고 있는 고유성을 존중하며 살고 싶을 뿐입니다.
남들한테 이런 말을 하면 내 오만이라고 해석할지도 모릅니다.
내가 가진 게 없어 생활에 불편한 것도 사실이었고 때론 이것이 내 발목을 잡아서 곤궁한 처지에 놓이게 만드는 것도 사실이었으며, 그래서 남들에게 손을 내밀었던 것도 부인할 수 없는 사실이었습니다. 그러니 그렇게 해석하는 것도 무리는 아닐 것입니다.
회장님께서도 저에게 직설적으로 그렇게 말씀하셨지요.
그런 말을 들었을 때 대다수의 사람들은 자신이 수치스럽게 느껴졌을 테고 모욕감도 느꼈을 것입니다. 저 또한 그런 말을 하는 상대가 회장님이 아니고 다른 사람이었다면 그와 같은 불편한 감정을 가졌을 것입니다. 그러나 회장님에게서는 그런 느낌을 받지 않았습니다. 저를 애잔한 마음으로 바라보고 있다는 것을 알기에.

남들은 나보고 바보라고 합니다.
남들 말대로 난 바보일지도 모르지요. 계산이 빠른 약은 사람이 아닐지도 모르지요.
제가 만약 회장님의 성의를 냉큼 받아들였다면, 제가 그런 사람이었다면 회장님은 그날부터 저를 멀리하셔야 합니다. 이런 부류의 사람은 어쩌면, 상대야 어찌되든 자기 잇속만 차리는 사람일지도 모르니까요.
자기의 편안함 때문에 누군가를 불편하게 만든다면 그건 오히려 편안함이 아니라 불쾌함이 아닐까 합니다. 눈에 보이는 것만이 다는 아닙니다. 발견이라는 건 언제나 눈에 보이는 것 뒤에 있습니다.
책이라는 건 저자 내면의 투영이기도 합니다. 비록 글 값을 받아먹고 사는 저지만, 그런 식으로 제 영혼을 상업적으로 이용하는 것이 싫었습니다.
말이 길어지면 말의 취지가 곁가지로 흐를 것 같아 이만 줄입니다.

어느새 어둠이 어둑어둑 깔려 있네요.
이 겨울도 성큼성큼 저물어갑니다.
건강에 한껏 바지런을 떨어야겠습니다.
회장님도 건강 잘 챙기시길 바랍니다.

백일홍 님에게

That is 인연

불가에서는 인연을 겁으로 표현합니다.
'찰나'는 눈 깜짝일 사이를 말하고 '탄지'라는 말은 손가락을 한 번 퉁기는 시간을 말하며 '순식간'은 숨 한 번 쉬는 시간을 말합니다. 60초는 1분이고, 1분이 60번 모이면 한 시간이 되며 시간이 24번 모이면 하루가 됩니다. 그리고 한 달, 일 년, 한 세기로 시간이 나뉩니다. 저렇게 모아진 세월이 4억 3천 2백만 년이 쌓여야 1겁이 된다는군요.

김수희의 '다시 한 번 생각해줘요'란 노래에
'옷깃을 스쳐가도 인연이라 했는데'라는 가사가 나옵니다.
이 스치는 인연을 겁으로 헤아리면 과연 몇 겁이나 될까요?
옷깃을 스치기만 해도 5백 겁이라고 합니다(옷깃을 많은 사람들이 옷소매로 착각을 하는데 옷깃이 스치려면 적어도 사람을 포옹해야 가능합니다. 인연의 소중함을 역설하는 선조들의 지혜가 들어있습니다).

하루 동안 동행할 수 있는 사람과는 2천 겁.

하룻밤을 같이 자는 사람과는 3천 겁.

친구는 4천 겁

이웃은 5천 겁

친척은 6천 겁

부모와 자식은 8천 겁

형제자매는 9천 겁

부부는 7천 겁

사제지간은 만겁이라고 합니다.

부부가 형제자매보다도 인연이 더 짧은 이유는, 부부는 살다가 헤어지면 남남이 되지만 형제자매는 한 태 안에서 태어났기 때문입니다. 또한 사제지간이 부부나 형제자매의 인연보다도 더 깊은 이유는, 육신은 부모가 낳았지만 마음의 눈을 뜨게 하는 데는 스승의 가르침이 있었기 때문입니다. 그래서 스승은 정신과 영혼의 부모라고 옛 성인이 말한 것입니다.

그렇다면 '억겁'의 세월이란 무슨 의미이며 어떤 관계를 뜻하는 것일까요?

억겁은, 가로세로 80리 높이 20리나 되는 바위를 선녀가 백 년에 한 번씩 내려왔다 올라가는데 그때 바위가 옷자락에 스쳐 닳아서 없어지는 세월을 시간으로 말한 것이라는 군요. 즉 헤아릴 수 없이 많은 시간을 의미하는 것입니다.

저 나름대로의 해석을 하자면, 이것은 영생을 의미하는 시간입니다.
노자나 예수나 석가가 말하는 도道라는 것은 즉 영생을 말하는 것입니다.
도니 영생이니 겁이니, 요즘 세상이 어떤 세상인데 저런 추상적이고 구태의연한 타령이나 하고 있으니 나도 참 많이 심심한 사람인가 봅니다.
하지만 좀 더 생각해보면 저 말들이 종교적이고 고리타분한 이야기만은 아님을 알게 됩니다.
예수나 석가나 노자나 소크라테스는 이미 죽은 사람인데도 불구하고 살아있는 존재가 아니던가요? 어딜 가나 절집이 있고 하느님의 집이 있으며 그들이 남긴 말이 인간의 생활에 지대한 영향을 미치고 있잖습니까. 그들은 신이라는 이름으로 영생하고 있는 것입니다.
이들이 영생할 수 있었던 건 인연과 밀접한 관계가 있습니다.
전 장에서도 말했듯이 이 세상 삼라만상 인연이 아니면 성립되는 게 없기 때문입니다.

비록 우리는 그들과 같은 존재가 될 수 없을지도 모르는 사람들이지만, 인연이 얼마나 중요하고 소중한 것인지 겁의 세월수를 헤아리지 않아도 새삼 깨닫게 됩니다.
내게 다가온 인연을 더욱 소중하게 생각해야겠습니다.

내게 다가온 인연을
더욱 소중하게 생각해야겠습니다.

POST OFFICE

네모필라에게

That is 애국심

정경유착.

부정부패.

국가라는 것이 인류에 만들어지면서부터 21세기를 살고 있는 지금까지 조용했던 해가 있었나? 새삼스러워 할 일도 아닌데 이 고리가 좀체 끊이지 않음에 좀 지치는구먼.

승객들을 버리고 도망간 세월호의 선장은 평생 철창에 갇혀 살아가게 될 거 같구먼. 많은 사람들의 목숨을 책임져야할 위치에 있음에도 불구하고 자기혼자 살고자 도망친 죄! 마땅히 엄벌에 처해야겠지. 이와 마찬가지로 권력을 이용하여 국가라는 거대 항공모함을 뒤흔들어 수렁에 빠뜨리고 있는 사람들도 엄벌에 처해져야겠지.

허나 언젠가부터 이들은 잘 먹고 잘 살고 있네.

그리 오래지 않은 지난날, 우리나라에서는 같은 동포에게 악랄하고 야만적인 만행을 저질렀던 반민족자들은 권력을 이용하여 자신들의 행각을 숨기려 했고 정당화했으며 급기야 반공투사로 탈바꿈 시킨 후에 개인의 영달을 누렸지.

부끄러운 역사네.

오늘날도 역사가 되풀이되는 듯하여 씁쓸함을 감출 수 없네.
행여나 식민지배 체제 같은 암흑기가 또다시 이 나라에 되풀이 된다면 독립운동을 하겠다고 나올 사람이 얼마나 되겠는가? 허나 그들의 말로는 그리 화창하지만은 않을 결세. 지금은 잘 사는 것으로 보일지 몰라도 인생은 두고 봐야 아는 것이 아니겠는가? 독재를 꿈꿨던 자들의 말로는 하나같이 좋지 않았다는 것이 그것을 반증하네.
죄는 지은 대로 가고 덕은 닦은 대로 가는 것이 아니겠는가.
나는 그것을 믿네.
비록 부끄러운 역사지만, 부끄러운 역사도 역사이기에 받아들여 반면교사로 삼는다면 오히려 교훈으로 남는 역사가 되지 않겠는가. 그러기 위해서는 국민들 각 개인의 시민의식이 바로 서야겠지. 역사를 바로 볼 수 있는 안목을 키워야겠지. 정의를 외치면 왕따가 되는 사회가 아닌 의인이 될 수 있는 사회로 조성해야겠지. 알려고 하면 알게 되고 보려고 하면 보이는 것이 진실이 아니겠는가.
몇몇 위정자들의 입맛에 맞는 그들만의 세상이 아닌 우리들의 세상이 만들어지기를.
그런 날이 빨리 오기를 소원해 보네.

POST OFFICE

포플러나무에게

That is 용기

한 계절이 스치듯 지나가고 또 다른 계절이 살갗을 휘감는다.
무서리 내린 날씨와 독대를 하니 알싸한 한기가 옷깃을 여미게 한다.
따스한 날들이 영원하길 바랐는데…. 지난한 겨울을 보내려고 생각하니 자꾸만 옷을 여미게 되는구나.

이 세상엔 영원한 것은 없지. 있다면 영원할 것이라고 바라는 우리의 마음일 거야.
그렇기에 모든 별리에는 서글픔이 상존하는 것이 아니던가.
서글픔을 알기에 인간이 아닌가 싶다.

수일 전에 새로 구입한 휴대폰을 분실했다. 분실한 지 얼마 안 되었는데 또 분실한 거지.
이참에 휴대폰 없이 살아볼 요량으로 잠정적 휴면에 들어갔었어. 어차피 평소 캔디폰이라 휴대폰 없이 사는 것에는 그닥 어려움은 없었어. 다만 있다 없으니 생경스러움에서 오는 약간의 불편함은 있더군. 그러나 이 불편함도 익숙해지면 평범한 일상이 되겠지.

빈 몸이 된다는 거, 결국 인간은 맨몸으로 나와 빈 몸으로 가는 것인데 틈틈이 연습을 해두는 것도 그닥 나쁘지는 않으리라 여겨진다. 인정은 긍정을 낳고 부정은 부정을 낳지 않던가.
나는 오늘도 나즈막이 나에게 주문을 한다.

채우려 하지 마라. 채우려 하지 마라.

인류의 종말은 이 채우려 함에서 오지.
포화 상태가 되었을 때 마지막 남은 것이 무엇이겠는가?
이 간단한 이치를 우리는 너무 간과하고 살아간다.
일부 혹자들은 이런 나에게 삶을 대하는 무심이라 하고 또 어떤 이는 이율배반적이라 하지. 아무래도 좋다.
나 또한 삶이 곤고해질 때마다 평상심이 성난 파도로 변해 날 덮치듯 휘몰아치기에, 그로 하여금 나 스스로도 이율배반적인 사람임을 자인하며 사니까 말이다.
그런데 그런 생각이 스밀 때마다 또 하나의 나는 정신이 번쩍 들도록 내 따귀를 갈긴다.

강물에 돌멩이 하나 던져졌다고 강물은 바뀌지 않아!
여울을 파도로 착각하지 말라고!

이런 내 안에서 울려 퍼지는 또 하나의 소리가 성냄을 다독이기도 하지.
가슴에 돌덩이 하나씩은 다 매달고 살 듯, 누구나가 자기를 곤궁하게 만드는 무엇들이 있지. 그것이 빈곤함이건, 비사회적응자건, 피해의식이 가득한 내면적인 성격이건.

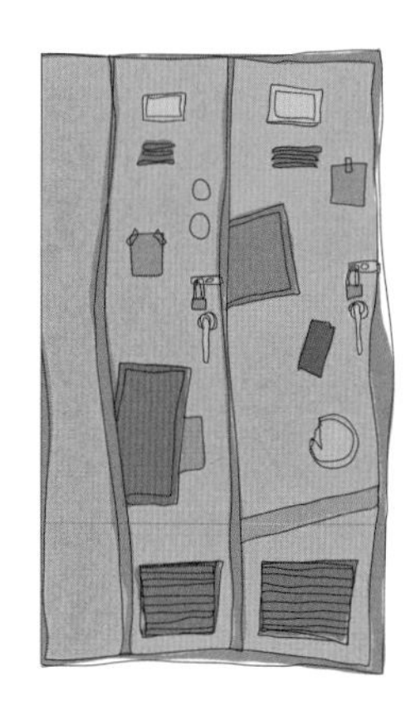

그런 건 나를 가리려는 검은 장막일 뿐이야.
비록 사업에 실패하여 사회적인 낙오자로 스스로 규정짓고 사는 자네지만, 이제는 검은 장막 뒤로 숨으려 하지 마. 불같은 사랑도 영원하지 않듯, 죽을 것 같은 시련도 영원하지는 않아.

흑인들의 치아가 더욱 하얗게 보이는 것은 그들이 우리보다 하얀 치아를 가져서가 아니라 살색이 검어서 그런 것이듯, 자기를 보이게 하려면 반드시 검은 장막을 걷고 앞으로 나와야 해. 검은 장막 뒤에 웅크려 있으면서 사람들이 자기를 찾아줄 거라 바라지 마. 숨은 그림을 찾으려는 사람은 그다지 많지 않으니 말이야.

이른 아침에 도외지로 나가려고 버스 정류장에 앉아있다.
지금은 겨울과 맞물려 한산한 곳이지만 한여름엔 사람보다 제비들이 북적이며 군락을 이루어 사는 곳이기도 하다. 제비도 떠난 이곳에 한동안 앉아있으니 새삼 제비가 그리워진다.

언젠가부터 제비의 개체수가 줄어들었다.
뿐만이랴?
박쥐는 물론 벌과 나비를 비롯한 인류를 유지 보수해주는 곤충들도 성큼 줄어들었다.
대체 무엇이 이렇게 얼어붙은 곳으로 만들어가고 있을까?
입은 있으되 말하지 못하고 머리는 있으되 뇌가 엉켜 있으며 가슴은 뜨거우나 양심은 시들어가는 세태이다.
어디서부터 잘못되었을까?
시간은 흘러가나 정의는 거꾸로 간다. 거꾸로가 바로라고 해도 지나친 과언은 아닐 게다.

버스 시간이 남았다.

어차피 나에겐 그만큼의 시간이 있으며, 도착지에 도달할 때까지의 시간이 주어졌다.

거슬러 생각해 본다.

거슬러가는 시간 속에 본질의 왜곡과 현상이란 단어가 머릿속에 맴돈다. 우리는 입때껏 진리보다는 왜곡된 진실 속에서 살았다 해도 지나친 해석은 아닐 것이다.

자기 잇속만 채우려는 위정자들의 말장난에 거짓말이 정의가 되고 참인 속에서 살았으니 세상이 불신으로 얼룩진 건 당연한 일일 게다. 이 말에 반론을 제기할 사람도 있을 것이며 그럼에도 불구하고 진실을 찾는 사람들도 있을 것이다.

시대의 살인마였던 사람이 나라를 구한 애국지사로 추앙되고 그를 숭배하자는 미치광이들이 활개치는 마당에 '나는 조선의 국모다'라는 외침은 역사 속에 스러지는 공허한 메아리일 뿐이다.

이제는 바로잡을 때다.

그렇게 되기 위해서 진실을 찾는 사람들이 많아지길 소망한다.

세상이 진리를 좇아 결국엔 나비들이 더욱더 많아지길 소원한다.

너와 나도 그렇게 살아가자꾸나.

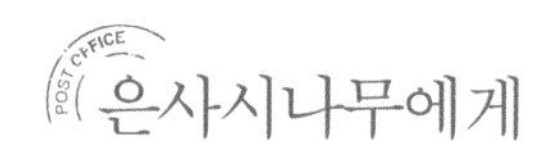

은사시나무에게

That is 양심

신새벽이네.

어디에선가 더럭 덮쳐오는 썩은 내에 잠을 깼다네.

이 냄새는 어디서 불어오는가?

주위를 돌아보지만 출처를 찾을 수 없었네.

여기저기 기웃거리는 시선이 마음으로 향하게 되더구먼.

어제 소크라테스가 한 말 때문일지도 모르네.

"정치가 타락하면 사회 전체가 타락한다."

이 말을 빌려보면 '인간의 사상과 마음 자세가 부패하면 인생이 타락한다'는 말로도 해석되네. 이 말이 진리일 수밖에 없음에 공포감을 느꼈지.

이 썩은 내의 발원은 여기부터라네.

이 냄새가 짙어질수록 내 속에 있던 정의는 점점 시들어가더군.

요즘 세상에서 정의를 외치는 순간 그 사람은 조롱거리가 되지 않던가.

갑자기 암울함이 더럭 덮치는구먼.

이 시대에 정의니 지조니 하는 것들이 시나브로 저물어가고 있는 듯 허이.

암습함을 정화하기 위해 웃음자화와 토닥토닥 글씨 몇 점을 그렸다네.

그리는 내내 지난 주말 내 강연을 듣던 아이들의 초롱한 눈망울이 웬지 처연하게 다가오더구먼. 그 아이들에게 이 시대와 어른들은 무슨 짓을 한 것이기에 보편적인 이야길 하는데도 신세계를 듣고 보는 양 경청을 한 것일까?

그건 아마도 이 사회가! 이 시대의 어른들이! 기회주의자들이! 그렇게 만든 것은 아니었을까?

이제 더는 그 아이들의 눈망울을 처연하게 만들지 않았음 좋겠어.

자기 배를 불리기 위해 남들 눈에 피눈물 나게 하지 않았음 좋겠어.

오히려 저들보다 몸 팔고 웃음 파는 밤거리의 여인네들이 더 진솔할지 모르네.

그들의 행위는 도덕적으로 지탄을 받아 마땅하지만 저들이 오히려 사람을 더 간절하게 원할지도 모른다는 생각이 들어.

위정자들에게 정의를 배신하고 친구와 동료의 가슴과 등에 배신을 꽂고 얻은 것이 무엇인지 묻고 싶어지네.

영혼을 팔아 목적을 달성하면 무엇 할 것인지 묻고 싶고,

양심을 팔아 부를 쟁취하면 무엇을 할 것인지 묻고 싶어.

가련한 생존 방식이 아닐까?

그렇기에 이사벨 아처의 말처럼 이 세상은 너무도 작은 것인지도 모르네.

이것을 알려주기 위해 이사벨 아처가 자기를 음해하고 이용하려던 남편 오스몬드에게로 돌아온 건 아닐까?

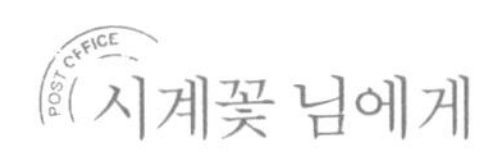

시계꽃 님에게

That is 성스러운 사랑

점점 귀뚜라미 소리가 선명해지는 것을 보니 가을이 오긴 왔나 봅니다.
올 여름은 유난히도 더웠습니다.
그래서인가요?
여름이 너무 빨리 익어 가을이 빨리 온 듯싶습니다.

'나'를 만나기 위해 떠난 여행은 잘 하고 계신지요?
인생을 살면서 해야 할 최고의 공부는 자기 자신을 아는 공부라고 합니다. 소크라테스가 말한 '너 자신을 알라'라는 말을 처음 접했을 때, 저는 이 말을 그저 자기 주제 파악을 하라는 경고성의 의미로만 알았습니다.
그런데 나이가 먹어감에 따라 살아온 세월을 자꾸 돌아다보니 그제야 저 말의 참뜻을 알게 되었습니다. 저 말은 세속에서의 내가 아닌 '참 나'를 찾으라는 소리였습니다.

저 또한 '나는 누구인가? 내가 이 세상에 이 육체를 가지고 온 이유는 무엇인가?'에 대해 오랜 기간 사유를 했었습니다.
최후의 인간으로 남기 싫어서 한 발버둥이라면 발버둥인 게지요.
어차피 저는 남들과 출발점이 다른 사람이었고, 오래전 한 번 죽었다 깬 사람이므로 지금의 삶은 덤으로 살고 있는 셈입니다.

오랜 시간 딜레마였던 물음을 '병 안에 들어가 있는 새'를 탐구하는 마음으로 팠었습니다. 물론 그 탐구는 끝난 게 아니고 현재 진행형이기도 합니다. 지금 제가 어느 시점에 있는지는 모르지만 물음에 대한 답은 어느 정도 찾은 것 같습니다.
물론 내 안에서 일어나는 울림이고 나만의 답입니다.

대도大盜!
저는 큰 도둑이었습니다.
불교에서나 설할 법한 법문에 감화되어 하는 말 같지만, 어느 종교에도 입문할 마음이 없기에 설법에 이입되었다고는 말할 수 없습니다.
그저 어떤 계기로 내 정체성에 대한 합당한 답을 찾았을 뿐입니다. 자연이 만들어내는 산소를 아무것도 지불하지 않고 쓰고 있으니 이것이 도둑이 아니고 뭣이 도둑이겠습니까? 죄를 지었으면 의당 죗값은 치러야겠지요. 그래서 이렇게 가난하게 사는 건지도 모르겠습니다.

글쟁이로 어언 15년째 살고 있습니다. 어쭙잖은 글로 세상에 진 빚을 갚을 수 있다면 그것이 내가 이 세상에 나온 이유가 아닐까 합니다.
이걸 깨닫게 된 이후 비록 넉넉한 형편은 아니지만 많은 돈을 바라지 않게 되었으며 부를 가진 자, 권력을 쥔 자, 사회적 위치를 가진 자 등등을 향한 시샘도 없어졌습니다.
가끔씩은 없이 사는 삶이 어쩌면 나에게 욕심을 없게 했구나 싶은 것이 간혹 감사하게 다가오기도 합니다.
오늘의 시련이 반드시 훗날 복이 될지어다.

제 정체성을 찾고 나서 가슴에 새긴 각서입니다. 제게 폭넓은 위안을 주기도 합니다.

시련에서 깨달음을 얻게 되는 것도 복입니다.

눈에 보이는 것만 복이 아닙니다. 오히려 눈에 안 보이는 것들이 인간에겐 더 큰 복을 가져다줍니다.

바람이 있다면, 이제 인간이 인간들과 싸우는 일들이 없어지길 소망합니다.

사람들은 산과 바다를 보고 감탄합니다. 나무와 꽃을 보고 '아름답다'라고 말합니다. 그러나 산과 나무와 바다와 꽃은 단 한 번도 자기를 보면서 감탄해 달라고 하지 않았습니다.

유일하게 인간만이 인간들과 싸우며 서로에게 감탄해주길 바랍니다.

이제는 그런 짓은 그만두어야 합니다.

인류를 위해서라도.

POST OFFICE

물망초 님에게

That is 참사랑

오늘은 돈에 대해 이야기를 해볼까 합니다.
뭐니 뭐니 해도 머니가 최고죠?

자본주의를 비뚤게 말하자면, 인간이 상품이고 돈이 신인 체제입니다.
신의 권능을 돈에 부여한 것이 자본주의입니다. 돈이 사람을 울리고, 웃게 만들고, 죽이고, 살리고 하는 세상이니 그다지 과한 표현은 아닐 것입니다.
그러는 사이 우리의 참모습은 돈에 가려져 점점 인색하게 되고 퇴색되어 가고 있습니다.
돈이 만능인 사회, 돈에 노예가 되어가는 우리. 우리는 그 공간에 살고 있습니다. 그러나 돈으로 살 수 없는 것이 있습니다.
그것은 사람의 외로움이고 너나들이 할 수 있는 경계 없는 참사랑입니다.

언제 어떻게 될지 모르는 게 사람의 일입니다.
그 사람을 돈의 잣대로 평가하지 말고,
사람, 그 가치에 투자할 때 훗날 외눈박이였던 자신에 대한 후회가 생기지 않을 것입니다.

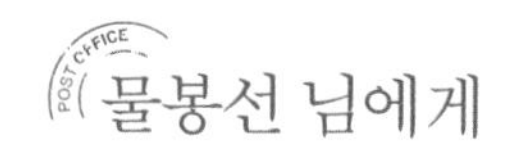

That is 안락

돈이란, 돌고 돌아서 '돈'입니다.
세상만 도는 것이 아니라 사람의 머리도 돌게 만들어서 '돈'입니다.
그렇다고 거부할 수 없는 것도 돈이니 머리가 정말 돌 지경입니다.
작명학으로 평가를 하자면 최고의 작명이 '돈'이라는 이름일 것입니다.
돈이라는 이름만큼 화폐를 잘 나타내는 말은 드물 테니까요.
그런데 이제는 시대가 점점 변하고 있습니다.
지금까지 역설한 것은 우리나라의 작금의 시대를 말한 거고 자본주의 전기에 나타난 현상을 말한 것입니다.
전체적인 세계 흐름으로 보면 자본주의가 점점 농익어 갈수록 돈이 주고 사람이 노예인 시대에서 사람이 주고 돈이 종인 시대로 바뀌어 가고 있습니다.
빌게이츠와 잡스가 이뤄낸 업적을 보면 이해가 좀 더 쉬울 것입니다.

앞으로 한국 사회도 점점 바뀌어 갈 것입니다.
한 가지 예가, 사회 전반에 걸쳐 인문학 열풍이 점점 고조되고 있다는 것입니다.
인문학을 간단하게 말하자면, 어느 학자의 말대로 인간학이 인문학입니다. 교육계에서는 인문학이 점점 사라져가고 있지만 기업에서는 인문학을 받아들일 수밖에 없는 상황으로 들어갔습니다. 아이러니한 현상이라고 보일 수 있지만 이것이 올바른 현상입니다. 자본이 문화를 잠식시키는 건 인간의 존엄성을 말살시키기에 문제지만 문화가 자본을 종속시키는 건 인간의 존엄성을 지키면서 삶을 정당하게 향유할 수 있게 만드는 바람직한 일입니다.

우리의 최종 목적은 인간다운 삶입니다.
직설적으로 말하자면, 인생을 사는 데 있어서 '돈'은 수단이고 '인간다운 삶'은 목적입니다. 그런데 안타깝게도 우리나라는 정치계나 경제계를 움켜쥐고 있는 기득권 세력들이 변하지 않고 있다는 것입니다. 그들은 지금 너무나도 안락한 생활을 향유하고 있기에 그것을 많은 사람들에게 나눠주기 싫은 것입니다.
로마제국이 망한 이유는, 시쳇말로 기득권자들이 국민의 혈세로 배가 터져서 미쳐 돌아갈 때 국민들은 굶주린 배로 살고 있었기 때문입니다.
쥐도 궁지에 몰리면 고양이를 물 듯, 두려움이 극에 달하면 분노를 합니다. 분노는 두려움에서 오는 감정입니다.

두려움이 극에 달하면 분노를 합니다.
분노는 두려움에서 오는 감정입니다.

연꽃에게

That is 순결

이른 아침에 연꽃 밭을 찾았다.
아침에 산책은 나를 청결하게 해주고 저녁의 산책은 나를 정화시켜 주기에 좋다.
백 가지 양서보다 더 좋은 책은 산책일 거야.
산책만큼 더 좋은 책을 난 본 적도 들은 적도 없다.
그러한즉, 살아있는 책이라서 산책인 것이지.

연꽃을 가리킨 말로 처염상정處染常淨이란 말이 있더구나.
어느 곳에 머물고 있더라도 맑음과 깨끗함을 잃지 않는다는 뜻이래.
혼탁한 곳에 있어도 절대로 물들지 않고 오히려 정화를 해 세상을 이롭게 한다는군.
강물에 잠겨 있으되 젖지 않는 달과 같다.

연에는 독이 없다.
연씨는 오랜 시간이 지나도 잘 썩지 않아서 수천 년이 지나도 발아가 가능하지.
또한 잎, 꽃, 뿌리, 씨앗 모두 버릴 것 없이 훌륭한 약재이며 식자재야.

우리의 로망, 오만 원 권 지폐에 그려져 있는 신사임당이 돌아가셨을 때 실의에 빠져있는 율곡의 기력을 회복시킨 것도 연근이라고 하더군. 아마 연근이 없었다면 율곡은 16세의 한창 나이에 죽었을지도 몰라. 그렇다면 십만 양병설이니 성리학이니 다 제쳐두고서라도 오천 원권 지폐에는 누가 그려져 있었을까?

더도 덜도 말고 연꽃의 반만 닮았으면 좋겠다.

날씨가 더워서인지 예전에 비해 연꽃이 조금은 빨리 핀 것 같다. 이번 주말부터 시나브로 절정으로 치닫지 않을까 해.
연꽃이 지기 전에 왔다 가렴.

사과나무 님에게

• 성공 •

TO.

한 해가 저물어가고 있습니다.
비록 목표했던 일들을 내 뜻과 벗어나서 이루진 못했지만 그 못지않은 것을 얻었기에 그다지 아쉽지만은 않은 한 해였습니다.
내가 할 일은 다했고, 그럼에도 불구하고 남의 손에 넘어가 내가 어쩌지 못할 일들이었는데 아쉬워한들 무슨 소용이 있겠습니까.
꽃이 피고 열매가 영그는 시기가 있듯 다 때가 있는 법이 아니겠는지요.
삼라만상 인연이 아니면 이룸도 없거늘!
위무가 아닌 받아들임으로써 또 다른 기다림을 세워야겠지요.

올해도 어김없이 미국에 사시는 정광수 선생님께서 막내 따님의 결혼소식과 함께 크리스마스 카드를 보내오셨습니다. 정광수 선생님은 140cm 단신에 전쟁고아 신분으로 미국으로 입양되어 성공신화를 만든 동양인 최초의 미국 px 군장성 출신이시기도 하십니다.
한국전쟁으로 인해 부모형제, 재산, 집, 다 잃고 전쟁고아가 된 정 선생님. 끝내는 고국에서 외면을 당하고 미국 사람의 손에 이끌려 모국을 떠나야 했던 선생의 그때 심정이 어땠을까요?
하지만 그것이 오히려 성공신화를 이루게 해준 전화위복의 계기가 되었다고 생각합니다. 비단 정 선생님뿐이겠습니까?
이 나라에서 외면당한 사람들이 타국에서 성공신화를 이룬 일들은 의외로 많습니다.

그러고 보면 인간에게 다가온 모든 것들은 버릴 게 하나도 없는 것 같습니다.
미움도, 증오도, 독기든 열정이든.

반면교사건 정면교사건 사람에게 에너지를 주고 가르침을 주니까 말입니다.
이 사실을 알 때, 사람의 정신은 비로소 깨어나고 일어나는 듯싶습니다.

올해도 얼마 안 남았습니다.
이해 저해 그해를 분류하는 것이 새삼스럽지만 나름의 갈무리는 해야 할 거 같습니다.
정리된 마음으로 겸허히 오는 세월과 조우하려 합니다.
늙어가되 낡아지진 않으리라는 다짐을 해봅니다.

선생님께서도 가는 해 갈무리 잘 하시고 오는 해 맛있게 맞이하시길 앙망합니다.
늘 건강하소서.

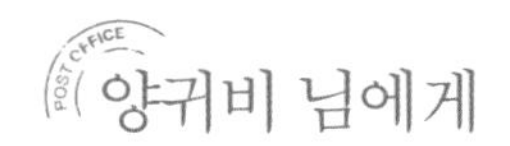

That is 위로

내가 만일, 한 가슴을 달랠 수 있다면 나의 삶은 헛되지 않을 겁니다. 내가 만일 한 생명의 아픔을 덜어주고 한 사람의 괴로움을 달래 줄 수 있다면 그리고 힘을 다해 그를 부축해 줄 수 있다면 정녕 나의 삶은 헛되지 않을 겁니다. _디킨스

언젠가 어떤 책을 읽다가 나도 저런 삶을 살고 싶다는 마음에 갈피표로 저장해놓은 디킨스의 글입니다.
이 새벽 문득,
나는 지금 저와 같은 삶을 살고 있을까? 하는 생각이 스밉니다.
생각이 깊어질수록 '나는 저와 같은 삶을 살고 있지 않구나' 하는 마음이 한 뼘 한 뼘 움틉니다. 이와 같은 마음과 키 재기라도 하듯 저와 같은 인생을 살고 있는 친구들의 얼굴이 떠오릅니다.
갈피표에 디킨스의 시와 함께 저장된 코멘트 글귀처럼
어려운 이웃에게 주는 일은 받는 일보다 행복하고
사랑하는 일은 사랑받는 일보다 아름답다더니
그 말이 맞는 거 같습니다.
그들을 생각하면 이렇게 행복해질 수가 있으니까요.

오가피나무에게

That is 만능

"나는 내 일이 너무 즐거워. 밭에 나가서 일하는 게 너무 재미있어. 그래서 일하는 게 힘들지가 않아."
지난 늦가을, 가을걷이를 끝낸 네가 환한 웃음을 지으면서 한 말이란다. 저런 말을 할 수 있는 너는 정말 행복한 사람일 거야. 네가 원하는 일을 하고, 그 일을 재미있어 하며 즐기면서 하고 있으니까.
농사를 2만 평이나 짓는다지?
것도 여자의 몸으로 짓는다는 건, 농사일을 잘 모르는 나로서는 참 대단한 일인 것 같구나. 더욱이 놀라운 것은, 먼동이 트기 전에 일어나서 해거름이 지날 때까지 일을 하면서 힘든 기색 없이 긍정적인 사고를 유지하며 산다는 것과 그 와중에 여유를 만들면서 자기 관리에도 소홀함이 없이 산다는 것이었어. 웬만해서는 소화하기에 벅찬 생활일 텐데 너는 평상시 몸에 밴 습관처럼 하면서 살더구나. 삶을 대하는 태도가 성실하지 못하면 이런 생활은 못할 거야.

너는 십 년 전 귀농을 결심했을 때부터 지금까지 네 선택에 대해 후회를 해본 적이 없다고 했지. 처음에는 비록 어려움을 겪었겠지만, 지금은 자신의 선택이 옳았음에 자부심을 느끼고 있는 네가 좋아 보인다.

모든 사람들은 매 순간 선택 속에서 살지만, 너처럼 자부심을 느끼며 사는 사람들은 그리 많지 않을 거야. 왜냐하면 자기의 선택이 옳았을 때 받는 감동보다는 반대인 경우 데미지가 더 크게 다가올 뿐더러, 선택이 옳았다고 해도 기대한 만큼의 만족감에서는 다소 차이가 있었을 테니까. 그로 인해 어쩌면 많은 사람들은 오늘도 자학을 하며 살지도 몰라. 그러나 자아를 형성해 나감에 있어서 실패는 오히려 성장에 도움을 주는 촉진제 역할을 하므로 실패가 나쁜 것만은 아니잖아. 현명한 사람은 일찍이 이것을 간파하여 잘못된 선택을 해도 고답적으로 받아들일 수 있는 거 아니겠어?
실패를 성공해야지 성공을 해도 그 성공이 더 값진 것이 되잖아.
너도 귀농을 선택함에 있어 많은 생각을 했을 거야. 선택을 어떻게 하느냐에 따라 인생의 희비가 엇갈리는데 선택하기가 쉬웠겠어?

도시생활에 염증이 생긴 많은 사람들은 전원생활에 대한 로망이 있지. 그러나 로망과 현실과는 분명한 경계가 있는데, 그것을 생각하지 못하고 전원생활에 대한 막연한 동경만으로 선택해서 경솔함의 우를 범하기도 해.
그들이 우를 범하게 된 이유는 여러 가지가 있겠지만, 기본적으로 선택에 앞서 '후회하지 않겠다'는 각오를 하지 않아서 그런 것은 아닐까?
잘못된 선택으로 자학하는 사람들의 대부분은 선택에 앞서 후회하지 않을 각오를 하지 않았기 때문이기도 해.
우리는 매 순간 선택을 해야 하고 우리가 할 수 있는 건 선택에 대한 책임뿐이잖아.

너는 네 선택을 믿었고, 그 결과에 대해
후회하지 않을 각오도 했기에 행복한 결과가 나온 거라고 생각해.
그렇기에 네 인생은 멋진 것이며
그 인생을 멋지게 만든 건 바로 너야.
친구야, 넌 참 멋진 사람이다.
앞으로도 후회하지 않을 삶을 살길 바랄게.

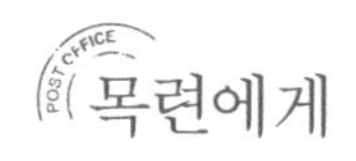

목련에게

That is 소중함

오늘은 오랜만에 둑방길을 걸었어.
우리 동네에서 가장 쉽게 찾을 수 있는 비포장길이기도 해.
비록 내가 촌에 살고 있지만, 비포장 길은 일부러 찾아가지 않는 한 보기 힘든 길이 되어버렸어.
작금의 시대는 인간들의 편리성을 우선시하는 풍토기에 점점 예전에 흔한 풍경이 품귀현상으로 바뀌어가는 모습을 보면 안타까운 생각이 든다. 좀 느리게 가면 좋으련만….
어쩌면 이 비포장길도 머지않아 천연기념물 내지는 문화재로 등재되지 않을까? 예전엔 아니었지만 지금은 관광지로 되어버린 둘레길을 생각해보면 그 상상이 비단 허무맹랑한 생각만은 아닐 거야. 비포장길이 천연기념물이 된다? 생각만으로 씁쓸해지는구나.

기분 탓일까?
오늘은 새삼, 갈라진 시멘트 틈을 비집고 자라는 식물을 보니 생명의 존귀함이 느껴지면서 자연과 사람의 인연에 대해 생각하게 되더구나.
너무 큰 의미 부여를 하는 것일지도 모르지만, 자연은 인간들을 위해 존재한다고 해도 과언이 아니잖아.

그거 아니?
가장 흔한 풀일수록 인간들에게 가장 많은 도움을 주고자 존재하는 풀이라는 거.
쑥과 질경이가 그렇고 냉이와 쇠비름이 그렇고 그 외에 고들빼기니 씀바귀 등등, 이 풀들의 공통점은 우리가 쉽게 접할 수 있고 눈에 가장 잘 띄는 풀이라는 것이며 나물로 즐겨 먹는 풀이라는 거잖아. 특징은 관상용이나 화초로 쓰는 식물들보다 번식력이 좋다는 거고. 이건 결코 우연이 아닐 거야. 오래전 의학이 발달되지 않았던 시절 민가에서는 민간요법으로 손쉽게 구할 수 있는 풀을 뜯어서 처방을 했잖아. 저마다 약효능을 가지고 있기에 인간들에게 많은 도움을 줬어. 쑥만 하더라도, 안 좋은 데가 없다고 해서 '영초'라고 부르잖아.
그런데 이젠 그 풀들이 점점 설 곳을 잃어가는 듯하구나. 마당이고 길이고 모두 포장을 하면서 그 풀들의 입지가 점점 줄어든 거지.
그러면서도 그 풀들은 한 톨의 씨앗이 뿌리를 내릴 수 있는 공간이 있다면 기어이 뿌리를 내려 누구를 위해서건 자기 소임을 다하고 진단다.
저 갈라진 시멘트 틈에서 자라나는 풀을 보면서 새삼 느끼는 거야.
만약 저것이 풀이 아니고 인간이라면 가능할까? 저 척박한 틈에서 자라고 성장해서 꽃을 피울 수 있을까?
어쩌면 인간은 풀 한 포기보다도 못한 존재일지도 몰라.
사람을 위하기에 앞서 자연 앞에서 먼저 겸허해야 하는 것이 인간의 첫번째 도리가 아닐까 싶다.
사람 또한 이 세상에 나온 이유가 어쩌면 저 풀들처럼 나를 비롯한 다른 사람을 이롭게 하기 위해서 일지도 모른다는 생각이 든다.
감히 말하건대,
우리만이라도 저 풀들처럼 주위를 이롭게 하는 사람으로 살아가자꾸나.

POST OFFICE 사람이 사람에게

1

과거에 불던 바람은 이미 지나갔는데
아직도 닫힌 문 앞에서 서성거리고 있는 겐가?
흘러간 물에 얼굴을 두 번 씻을 수 없듯
개울물에 물레방아는 퍼 올린 물을 다시 퍼 올릴 수 없듯
이미 지나간 과거를 놓지 않고 부여잡고 살면 무엇 하겠는가

겨울이 지나면 다시 봄이 오고
꽃이 지면 열매가 맺듯
우리에겐 언제나 내일이 오고
오늘 진 해는 내일 다시 뜨고
지난겨울 떨어진 낙엽도 새봄이 오면 다시 돋는다네

2

돈 많은 사람 부러워 말게
돈이 많다고 한들 하루 열 끼 먹을 수 없고
천년만년 살다 가는 것도 아닌데

그것이 뭣이 그리도 부러워 장작불에 장물 졸이듯 바작바작 대며 사는 겐가
고급 요리로 삼시세끼 배 채워도 결국 똥 싸고 사는 건 다 마찬가지고
그 똥이나 이 똥이나 구린 건 마찬가지 아니던가
돈이 많다 하여 죽을 때 짊어지고 갈 수 없고
돈이 없다 하여 어차피 갈 저승길 통행료가 붙는 건 아니잖은가
태어날 때 빈손이듯 갈 때도 빈손인데 돈에 목매 살면 생기는 건 근심이요, 보내는 건 허송세월이요, 나오는 건 한숨이 아니던가
있는 돈이 천 원이든 천만 원이든 그 돈 잘 쓰다 가면 그것이 행복이고
이 세상 미련 없이 살다가는 것이 복된 삶인데
죽어지면 아무짝에도 쓸데없는 것을 왜 그리도 끌어안고 살려 하는가

없이 산다고 기죽지 마시게
없이 산다고 다 나쁜 것만은 아니라네
없이 살아서 좋은 건
좋은 놈 나쁜 놈, 이로운 놈 해로운 놈이 걸러진다는 것이고
돈 떼이고 뒤통수 맞는 거보다
뒤통수 때릴 놈 자동 정리 되는 건데
무엇이 그리 원통하고 침통하단 말인가
돈 때문에 내 앞에서 가식적으로 웃고
돈 때문에 내 앞에서 아부 떨고
재산 때문에 가증스러운 눈물을 흘리는 자만큼 끔찍한 사람이 또 어디 있단 말인가

3

인간사에서 시련이 오는 건 진짜와 가짜를 거르게 하는 인생사 그물망이며 나를 더욱 강하게 만들려고 오는 교관이니
어차피 겪어야 할 거라면 통 크게 맞부딪치고
후련하게 보내시게나
부는 바람 멈추게 할 수 없고 오는 비를 어떻게 막을 것인가
멈추게 할 수 없는 바람 언젠가는 잔잔해지는 법이고
막을 수 없는 비 또한 언젠가는 멈춘다네
이렇게 저렇게 다가오는 모든 것은 끝이 있고
끝에는 반드시 시작도 있으니
인생이 지겹지 않은 것은 서로 다른 끝과 시작이 있기 때문이 아니겠는가

끝과 시작이 같은 것이라고 착각하지 마시게
같은 산이라도 어느 각도에서 보느냐에 따라 달라 보이듯
지겹다고 생각하는 것은 자기가 자기 마음을 한쪽으로만 몰고 가고 있기 때문이고
그렇게 몰고 간 자기 마음을 자기 감옥에 갇히게 하고 있기 때문인 것을
누굴 원망하고 누굴 타박할 것인가
원망하고 탓해 봐야 돌아오는 건 알싸하고 껄끄러운 입맛이요, 타버리는 건 내 속이요, 가버리는 건 속절없이 흐르는 시간이 아니겠는가.
이 모든 게 공허함에 지쳐버린 부질없음이라
몸 망가지고 마음 상하는 건 결국 자기 자신이기에
이처럼 허망하게 손해 보는 장사가 또 어디에 있겠는가
마당에 나뒹구는 빗자루는 쓸 데라도 있지만
마음속에 나뒹구는 허무함은 아무짝에도 쓸모없는 삭아버린 노끈이

라네

시간과 햇살은 모든 이에게 평등하네
시간은 너와 나 차등 없이 골고루 나누어 주고
햇살은 온 천지에 고르게 뿌려진다네
그러함에 시간을 거부하고 햇살을 피해 음지로 들어가는 건 자기 자신이 아니겠는가

4
제아무리 생활 주기가 반복되더라도
인생이 쳇바퀴라 생각은 말게
언뜻 보면 같아 보여도 자세히 보면 모두 같을 수가 없는 것이거늘
어제 마신 소주가 쓰다 하여 오늘도 쓰다 할 수 없고
어제 본 꽃이 봉오리라 하여 오늘도 같은 꽃일 수는 없다네
숨 쉬고 있는 것이기에 매일같이 변화하는 것이고
멈춰지지 않는 것이기에 같을 수가 없는 것이네
그런 변화는 느끼려 할 때 느껴지고 보려고 할 때 보이고
그러함에도 보이지 않고 느껴지지 않는다면
그것은 아직까지 깨어지지 않는 자기의 관념이
자기를 마비시키고 훼방을 놓고 있는 것이니
하루라도 빨리 인지하여 먼지 털 듯 툭툭 털어 버리시게
온 세상의 만물은 매일 변화하고 움직이고
그것을 알아차릴 때 굳게 닫힌 마음의 문이 열리면서 새로운 세상이 보일 것이네

5

학벌이 좋다 하여 모두 잘 되는 거 아니고
학벌이 안 좋다 하여 모두 안 되는 건 아닐세
인간답게 사는 데 학벌이 무슨 필요가 있을 것이며
인간답게 사는 데 학사니 박사니 하는 것이 무슨 소용이 있겠는가
사칙연산만 할 줄 알아도 인생 사는 데 지장 없고
내 이름 석 자만 바로 쓸 줄 알아도 나라님 부럽지 않게 살 수 있네
잘 산다는 건
남들에게 못할 짓 안 하고
남들에게 욕 안 먹고 살면 그게 잘 사는 거지, 그 이상 어떻게 살아야 잘 사는 건가.

6

니 잘났네 나 잘났네
니 똥 굵네 내 똥 굵네 아웅다웅하며 살아본들 무엇하겠는가
인간만사 새옹지마고 완전하지 못한 인간인 건 피차일반이고
제아무리 잘났다 해도 하늘 아래에 놓인 것은 너나 나나 마찬가지 아니던가
저 사람이 백 원을 주면 난 백십 원을 주고
저 사람이 내 뺨을 때리면 손에 멍들지 않게 호호 불어주고
저 사람이 지쳐 다리 쉼을 하면 나도 같이 쉬어주면서 살아도
백 년 살 거 팔십 년으로 안 줄고 십 년 살 거 오 년으로 줄지 않는 것인데
무엇을 얻고자 남의 눈에 눈물 나게 하고
남의 가슴에 못을 박고
남의 얼굴에 욕을 뱉으며 사는 겐가

적당한 손해는 오히려 미덕이고 버릴 건 버리고 살면 내 인생 가벼워지고
적당한 오지랖은 오히려 득이 되는 것인데
왜 그것을 모르고 빡빡하게만 살려고 하는 겐가

7
고슴도치도 제 자식은 함함한다고
내 살과 뼈를 발라 만든 자식 어찌 귀하지 않을 것인가
허나, 내 마음 나도 모르면서 어찌하여 자식의 마음을 알 수 있겠는가
자식은 밥 안 굶기고 마음에 병 끼지 않게 스무 살까지 잘 돌보면 되는 것이고
그 이후의 자식 삶은 내 삶이 아니기에 끌어안고 살아봐야 내 가슴만 축나고
생각하는 마음이 과하면 오히려 족쇄가 되어 나를 비롯한 자식에게까지 부담감을 주는 것이니 어찌하여 자식이 내 곁에 있을 수가 있겠는가
내 마누라는 옆에 끼고 살아도 내 자식은 옆에 끼고 사는 것은 아니라네
머리에 서리 내린 내 남편도 젊은 여자 마다하지 않을진대
혈기왕성한 내 자식인들 늙은 여자보다 젊은 여자가 더 좋지 않겠는가

내 품 안에서 날아간 놈 창공 훨훨 날게 놓아주고
무엇을 하든 그냥 믿어주고 지켜봐주면서
그간 못다 한 내 삶 후회하지 않게 이제라도 살아가시게나
자식 나이 스무 살 되면 제 인생 제가 살아가게 놔두는 게 부모의 도리이며
이래라 저래라 간섭하는 것은 연줄에 달린 연과 같아서
바람 타고 날아야 할 연

행여라도 거센 바람이라도 불면 묶인 연줄 끊지 못해 아래로 곤두박질 치고 만다네
그 지경까지 만들지 않으려면 연 끈을 풀어주고 놔주는 것이
부모로서 머리 큰 자식한테 할 수 있는 마지막 할 일이 아니겠는가

8

자기 자신도 못 고치면서 어찌하여 남을 고치려 드는 겐가?
내 맘에 안 든다 하여 속상해 할 필요 없고
나에게 맞춰주지 않는다 하여 야속타 할 필요도 없네
그러는 자네는 언제까지나 그 사람의 것이 되어줄 마음이 있는가
되어줄 마음도 없으면서 바라기만 한다는 것은 염치없는 짓이 아니던가
하지만 같을 수도 있고 다를 수도 있는 것이 사람의 마음이어서
무작정 다를 것이라고 생각하는 것보다는 헤아리는 마음을 키우는 것이 우선이라 할 것이네
콩과 팥이 같이 있으면 다른 것이 되고 옥수수와 같이 있을 땐 같은 것이 된다네
콩과 팥이 옥수수와 같이 있으면 다른 것이 되지만
콩과 팥과 옥수수가 배추와 있으면 곡물로 분류되어 같은 것이 된다네
이렇듯 다르면서도 같은 것이 사람이고 같으면서도 다른 것이 사람이네

9

진정 자유롭고 싶다면
남의 말에 휘둘리는 마음부터 다스리게
칭찬을 들이면 기분이 좋아지고
욕을 먹으면 기분이 안 좋아지는 건

남의 말에 내가 휘둘리고 있는 것이고
그로 말미암아 나는 어느새 남의 말에 의해 움직이는 종이 되어 있다는 것이네
이것에 길들여질수록 결국 나는 자유스럽지 못하게 되고
내 삶은 남의 말에 좌지우지되는 꼭두각시가 되고 만다네
현자나 부처가 아닌 이상 감정을 다스린다는 건 결코 쉽지만은 않겠지만
현자 또한 사람이었고 부처 또한 사람이었다는 것을 감안한다면 결코 불가능한 일이 아님도 알 걸세
남의 입에서 나오는 칭찬과 악담은 내 입에서 나오는 것이 아님에 남의 것이라 할 수 있으므로 여기에 사로잡히지 않으려는 마음을 굳게 세우면 종살이에서는 벗어날 수 있을 걸세
허나
칭찬에 무덤덤해지는 건
어쩌면 나와 남에 대한 예의가 아닐 수 있으니 감사함으로 바꾸는 것이 옳은 일일 것이고
상대가 하는 욕에 내 감정이 휘둘리는 건
내가 나에게 보내는 예의가 아니니 무덤덤해질 수 있지 않겠는가
이렇게 저렇게 연습을 하다 보면 그것이 습관이 되고
습관이 자리 잡으면 나는 고답적인 사람으로 바뀌게 되어
어느샌가 자유가 내 곁에 와 있음을 알게 될 걸세
습관이 운명이 직결된다는 것을 알아챈다면
이 지난한 인생 또한 순탄한 삶으로 바꿀 수 있음도 알게 될 걸세.

10

빨리빨리 가지 말고 쉬엄쉬엄 가시게

인명은 하늘의 뜻이거늘
빨리 간들 오래 살 것인가
늦게 간들 오래 살 것인가
오는 세월 막을 수 없고 가는 세월 잡을 수 없는 것이고
사람은 때가 되면 가는 법인데 무엇이 그리 급하다고 빨리 가려고만 하는 겐가
아등바등한다 하여 뜸 들지 않은 쌀, 밥 안 되고
전전긍긍한다 하여 설익은 감이 곧바로 곶감이 되겠는가
밥도 뜸이 들어야 되는 법이고
곶감도 홍시가 되어야 되는 법인데
발 동동 구르며 노심초사한들 곰삭는 건 자기 속뿐이 더 있겠는가
곰삭은 생선은 젓갈이라도 되지만
마음이 곰삭으면 병밖에 안 된다네.

11

국가가 뒤숭숭하고 사회가 어지러워 마음에 불신이 깔리는 건 이해하나
하나 밖에 없는 지아비를 못 믿는 건 자신을 위해서도 못할 짓이라네
바람 필 사람은 막는다 하여 안 피우지 않고
바람피우지 않을 놈은 피우라고 해도 못 피우는 법
고기도 먹어본 놈이 먹고
바람도 피워본 놈이 핀다네
설령 바람을 피운다 해도 그런 남편을 둔 내 업보이고 그런 남편을 선택한 건 나이거늘
매일같이 의심병에 시달려 잠 못 이룬들 누가 알아 줄 것이며
매일같이 속앓이 한들 누가 대신 아파해 줄 것이고 그 누가 보상해 줄

것인가
이리 참아 보고 저리 참아 봐도 가슴에 쌓이는 건 한과 화뿐이라면
나 죽이는 짓 그만하고 두 눈 질끈 감고 바랑 하나 짊어지고 나오면 되는 것을
이래저래 걸리는 게 많고 용기 없어 나오지도 못한다면
중풍도 바람병이요, 여자 못 끊어 나는 병도 바람병이니
환자 하나 돌보는 셈치고 보시하며 살아가게

한 치 앞도 모르는 게 사람 일이고
열 길 물속은 알아도 한 길 속도 모르는 게 사람의 마음이라는데
지레짐작으로 의심한들 손해 보는 건 내가 아니던가
믿는 자에게 복도 온다는데 그 말 한번 믿어보고
오늘 밤부터는 다리 쭉 펴고 주무시게
방귀 뀐 놈이 성낸다고, 성을 내봤자 쌀 거라곤 똥밖에 더 있겠는가
불신은 나를 죽이는 일이요, 믿음은 나를 살리는 길이기도 하네
오히려 그 시간을 나를 위해 쓰고
나를 위해 가꾸는 것이 나에겐 훨씬 남는 장사요, 이익이 아니겠는가
믿은 자는 상대를 믿고 나를 믿었기에 죄가 없고
믿지 못하는 자는 불신감으로 나를 혹사 시켰기에
상대에겐 죄인이 안 되지만 나에겐 죄인이 된다네
믿음을 깬 자는 의당 그 대가를 어떤 식으로든 받을 것이고
믿음을 깨지 않은 자는 어떤 식으로든 복을 받을 것이네.

권력욕에 눈먼 자는 권력에 망할 것이고
탐욕에 눈먼 자는 탐욕에 무너질 것이고

욕정에 눈먼 자는 욕정 때문에 삭아질 터,
이래도 한 세상 저래도 한 세상이거늘
이왕이면 눈멀지 않고 살다가는 것이 더 잘 살다 가는 것이 아니겠는가.

12
모든 인연에는 유효기간이 있음에
오고 가는 때가 있는 법인데
오고 감에 연연해 본들 애달픈 건 내가 아니겠는가
애쓰지 않아도 만나게 될 인연이라면 만나게 되어있고
애를 쓰지 않아도 만나게 되지 않을 인연이라면 만나지 못하는 게
세상의 조화 속인데 하늘 아래 사는 내가 뭐라고 어찌 거역하겠는가
내 옆에 바로 있어도 모르면 잡을 수 없는 것이 인연이고
만나고 싶지 않아도 만나지는 게 인연인 것이네
이왕에 내가 어쩌지 못할 거라면
가고 오는 인연 가시 돋친 손톱 대신 너그러운 얼굴로 소홀함 없이 대해
주고
죽어도 그 짓은 못하겠거든 바랑 하나 짊어 매고 산속으로 들어가는 것이
속세에서 원수를 만드는 것보다는 산속에서 세상눈 닫고 사는 것이
백 번 천 번 나은 길일 것이네

인생을 살다보면
매일같이 보던 사람과도 모른 척 살게 되는 날이 오고
한때 죽고 못 사는 사랑하던 사람과도 남인 척 살아가게 되는 날도 온다네
나를 제일 잘 아는 친구와도 멀어지게 되는 날이 올 수 있고
오래전 원수같이 미워했던 사람이 나와 절친한 사이가 되는 날도 올 수

있네
결국 시간이 흘러 지나가면 아무것도 아닌 게 되고 무뎌지게 되며 변화가 생기는 게 인연이 아니던가.
내 옆에 남아 있을 사람이라면 가지 말라고 해도 내 옆에 남아 있을 것이고
갈 사람이라면 내가 가지 말라고 애원해도 갈 것이고
나를 피하는 사람을 나도 멀리하게 되듯
내가 굳이 피하지 않아도 만나게 되지 않을 사람이라면 자연히 떠나가게 된다네
그러한즉
가버린 사람 붙잡지 말고 나에게 상처준 사람 탓하지 말고
때가 되면 새순이 나고 낙엽이 지는 거처럼 그렇게 흘려보내는 것도
내가 나를 존중해서 나에게 주는 사랑이 아니겠는가
백 년도 못 살다 가는 인생들이거늘
내 몸 내 마음에 상처 내면서까지 다시는 오지 않을 지금 이 순간을 애옥살이로 보낼 필요는 없지 않겠는가.

이왕이면
그렇게 사소
그렇게…

가버린 사람 붙잡지 말고 나에게 상처준 사람 탓하지 말고
때가 되면 새순이 나고 낙엽이 지는 것처럼 그렇게 흘려보내는 것도

내가 나를 존중해서 나에게 주는
사랑이 아니겠는가

사람을 위하기에 앞서 자연 앞에서 먼저 겸허해야 하는 것이
인간의 첫 번째 도리가 아닐까 싶다.
사람 또한 이 세상에 나온 이유가 어쩌면 저 풀들처럼
나를 비롯한 다른 사람을 이롭게 하기 위해서 일지도 모른다는 생각이 든다.

세상 모든 이들에게 보내는 모모의 편지

1판 1쇄 인쇄 2016년 5월 17일
1판 1쇄 발행 2016년 5월 24일

지은이 오광진
펴낸이 임종관
펴낸곳 미래북
편 집 정광희
본문디자인 서진원
등록 제 302-2003-000326호
주소 서울시 용산구 효창동 5-421호
마케팅 경기도 고양시 덕양구 화정동 965번지 한화 오벨리스크 1901호
전화 02)738-1227(대) | 팩스 02)738-1228
이메일 miraebook@hotmail.com

ISBN 978-89-92289-84-9 03810

값은 표지 뒷면에 표기되어 있습니다.